INK 文學叢書 001

吹薩克斯風的革命者

楊照◎著

目錄

【自序】吹薩克斯風的革命者

十五年前（竟然已經那麼久了！）的春夏之交，我從軍中退伍下來。因爲已經確定八月要前往美國留學唸書，於是中間就空出了一段兩三個月，不必做什麼也不能做什麼的時間。

在我無所事事、閒盪閒晃的日子裡，經歷了台灣戰後歷史上的重要關鍵轉捩點——解嚴。解嚴那天，街上甚至連慶祝鞭炮都沒有。不過整個社會早已沸沸湯湯蓄勢待發，湧冒著比鞭炮更響更熱鬧的內在騷動。一切都將不一樣，一切正在改變。

沒有人眞正能預期未來會怎樣。現實當下裡最大的變化，是許許多多以前不能想不能說的事，突然變成大家最想說最想做的事了。以前我們不知道存在過的人和事，突然冒出來活在我們的周圍。

那種感覺很難形容。有點像在一個佈置溫馨的小城裡混了一整天，以爲自己和小城就那麼點大的街道房屋，和就那麼幾個面目慈善的人，都混熟了。結果夜幕低垂，小城還在，但是卻多了幢幢鬼影、啾啾鬼聲，才赫然知道另有一個世界與白天的陽光人情，不只並存而且共構。乍遇鬼影鬼聲，心中當然難免疑懼，但接著就發現：鬼群們或許面目猙獰，話語粗魯，但其實自有其個性、來歷與趣味。甚至比白天的人間世界更具魅力。再進一步，更深切領悟：原來陽光小城能夠這麼明亮溫煦，正是因爲有鬼城之互補存在。這兩者以某種悲劇或喜劇的方式，密切互動，宿命聯繫。

於是有了強烈的衝動，想要把我所感受到的這種陽陰共構、顯意識與潛意識錯雜交遇的台灣歷史特色，用小說的形式表達出來。在漸漸熱起來的天氣裡，保留著軍中養成的早起習慣，我在熱鬧的麻雀啾啾叫聲中，寫下了這本小說的第一部份。一位國民黨新興的後起之秀，以一種囂張到近乎喜劇的腔調，對他的學生講述他的想法、他的經歷。

在那裡面，簡志揚與吳信雄作爲台灣歷史顯、潛兩界代表的架構形成了。我更是想盡辦法，要回到他們少年時期的那個原點，以最戲劇性的安排，讓兩個人顯、潛兩種生命情節，意外有著同樣的起源動機。這樣來完成顯、潛兩界的共構喻示。

寫完這個故事，以《獨白》爲題發表，然而幾年之後，卻赫然發現這個故事其實沒有寫完。也許可以說，這個故事回來糾纏我，拒絕被完成。

一九九三年，我暫結六年的留學生活，回到台灣。我將舊作進行整理，出版了一本集子叫《黯魂》，寫了一篇序〈結局與續集〉。在序裡，我用了相當篇幅說明爲什麼會寫出集中一篇叫《結髮》的小說。我提到最初的形象來自小學時候的一個同學，她因爲長頭蝨而被老師同學歧視排擠。我問：這個人小時候這樣，長大以後會變成什麼樣的人呢？所以我就去追想她的成年模樣，寫成《結髮》。

就在寫那篇序時，我有了另一番體會。發現寫小說其實是一件蠻殘忍的事。你寫一個人，把那個故事結束，然後就不管了。你就離開那個人那個故事，繼續過你故事外的生活。可是你的角色從此就被關在小說裡，沒有了下文。

這樣的想法困惑著我。我開始執迷地反覆問自己：創作創造了那麼些小說角色，有多少被關在小說裡掙扎想出來的呢？一一追問中，吳信雄和簡志揚就冒出來了。我怎麼可能不記掛、不揣想這兩個人後來的生命歷程呢？

一九八七年透過簡志揚寫吳信雄時，我其實從來沒有離開台灣過。六年之後，我卻在海外對像吳信雄這樣的流亡異議人士，有了許多第一手的交往觀察，也有了更多的二手、三手資料與傳聞。更重要的，台灣局勢改變得那麼多，流亡者紛紛返國，在我眼前彷彿浮現吳信雄那張居停北溫帶太久，而顯出特異白皙的中年臉孔，以一種困頓卻又獨特的聲音對我說：「兄弟，我要回來。」「兄弟，我不可能再待在芝加哥了。」

我不能把吳信雄丟在芝加哥。不，應該是說，不管我這個作者的意願如何，作爲流亡異議者角色的吳信雄，必定會回到台灣來。也必定會投身參與這波既激情又複雜的新興政治運動。吳信雄拒絕待在芝加哥，那簡志揚呢？以他的志趣、以他的個性，他又該如何在變了模樣的國民黨內浮沈呢？

我知道我非寫這小說的續篇、第二部不可了。可是該怎麼寫呢？該用什麼形式、什麼腔調寫呢？卻是個從九三年開始，糾纏著我數年無法找到準確答案的問題。

九六年台灣經歷第一次民主的總統大選，提供了很多想法。然後到了九八年，我再度去了一趟美國，重新接觸到海外台灣人社群的氣氛，我一再看到過去因爲種種理由不願或不能坐在一起的人，現在可以聚會對談了，更重要的，我清楚感受到一九八七年至一九九八年的政治情緒差異，小說的第二部《Sadness我們的哀愁》終於成形。

一九八七年時，政治是件激烈高亢的事。不管站在國民黨那邊或者民進黨那邊，大家腎上腺素都非常發達，激烈高亢難免就帶著喜劇、甚至是鬧劇的味道。因爲一切都那麼誇張，而且是認眞的誇張，以至於透顯出無可掩藏、也無從掩飾的荒謬與諷刺。可是十年中，政治的氣氛與情境，慢慢從喜鬧劇一點一點剝落下來，變成一種Sadness，悲哀。而悲哀出現的轉捩點，正就是九六年的大選。

我重新和吳信雄連絡上。我看見了回到台灣的吳信雄，於是我可以藉著與這個角色的重逢，來記錄一段從非常激昂的氣氛到非常悲涼的氣氛的時代歷程。

從激昂的一九八七，到悲涼的一九九六。我成長的時代，台灣成長的時代。

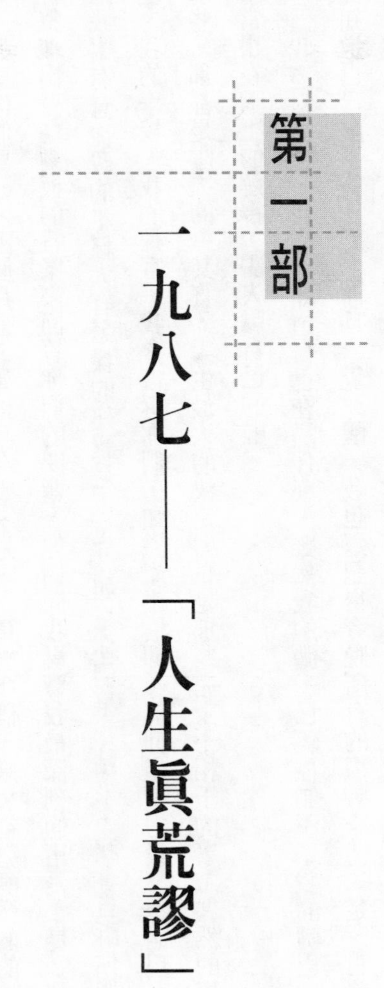

第一部

一九八七——「人生真荒謬」

其實，人生的事都是這樣，以前發生過了的，現在回過頭去看，總不免變得荒謬。一些眼前你覺得重要、有意義的事，到頭來可能根本什麼都不是；反倒是一些不相干、瑣碎的雜事，跟了你一輩子，趕都趕不走。

如果你們早一、兩個月來，如果我今天不是喝了這麼多酒，腦袋裡微醺微醺的，我可能會整理出一些刻板的答案來回答你們的問題。你們問我影響我最深刻的事是不是？你們要知道我對有意從政的年輕人有怎樣的建議是不是？如果你們早一點來，我會告訴你們我的家庭、我的學校、我的長官，我會告訴你們，知識產生信仰，信仰產生力量。不過現在我不講那些，那都是騙人的。其實，人生最大的決定力量是那些完全不相干的事：偶然的事，至於平常掛在嘴上的解釋，騙人騙自己的啦。

我還很清楚，我完全知道自己在講什麼，雖然我的腦子已經控制不了我的嘴巴，不過我卻知道自己講了些什麼。而且一覺睡醒，我也還記得今晚所有的事，一清二楚，也許我會後悔……你們都是我的學生，應該曉得我從來不後悔的，我人生當中只要有一絲一毫的後悔，也就沒有今天了。

不過話說回來，有今天這樣又如何呢？我要跟你們說一件事，我之所以有今天，是一件意外，一件完全不相干的事造成的，我就要跟你們說這件事。

上個月我去美國，在芝加哥見到了吳信雄。哈哈哈，我看到你們的怪表情了，你們也知道吳信雄是誰罷？你們一定在想，一個年輕一輩中最有希望打入中央圈的黨工，去見一個流落異鄉的反對派領袖？你們一定也知道他這幾年搞的那些事對不對？我們這裡一堆不成氣候的雜誌把他捧得跟神仙一樣。其實，他也沒有什麼，眞的，這一點沒有人比我更清楚了。我看著他變的，我看著他變得偏激的。

他和我高中時代就是同學，而且高一、高二的時候，非常非常要好。所以你們知道其實簡志揚去芝加哥時，順道探望一下吳信雄也沒什麼値得驚訝的了罷？那是老同學的情誼，不應該沾染政治色彩的。不過話又說回來，沒有什麼事可以完全和政治分離的，就像我原本在電話裡就對吳信雄說：「只談往事，不談政治。」可是到頭來，還是談到了政治，往事中的政治，政治中的往事，哈哈。

說眞的，雖然這幾年陸陸續續也在報章上看過他的照片，眞正見了面，還是嚇了一跳，胖成那樣子，臉上的五官是沒什麼變，相關位置都還一樣，可是好像一條小魚被換到一個大盤子上似的，而且是白色大磁盤，那麼白腫的一張臉，中央擠著當年薄瘦少年時代的五官，給人感覺就是留白太多，哈哈，留白太多，眞不習慣。所以一見面我就糗他，我說：「咦，好像我們的身材應該調換一下才對。一般人的觀念裡，黨政官僚應該有個大肚子，而反對黨應該乾瘦委屈，是不是？」你們看，說好不談政治的，結果我劈頭第一句話竟然就不折不扣跟他劃分起政治界限來了，唉，太不應該了，眞的是我的錯，我的錯。

我們一邊用餐，一邊就談論著他的身材。我現在都還記得他當年差不多是我們班上最瘦的一個。不只瘦，而且蒼白無血，高二唸完的那個暑假，他來我家小住，我媽第一眼看到他，就把我拉到臥房去，問我：「你那個同學是不是有肺病啊！」他肺是沒什麼問題，就是胃一直很不好。

你們知道以前鄉下地方對肺病一向是非常敏感的，肺癆、肺結核，被看作是不治之症，所以我媽才會那麼緊張。其實我小時候住的地方也不能算是眞正鄉下，那是在台灣中南部的一個小鎭，跟台北比起來是落後得多了，但對周遭散佈的農村來說，倒也是個不小的市集中心。吳信雄和我不一樣，他從小就在台北出生、長大，那次來我家好像還是他第一次離開台北那麼遠。

在芝加哥時，我們在餐桌上，混雜在一片英語嘈嘩中，努力講著各自的語言。你們知道爲什麼我說各自的語言嗎？對啦！吳信雄拒絕跟我說國語，他說既然我聽得懂台語，他沒有理由不使用他的母語，其實在這件事情上，我倒不是那麼堅持，只是在停用了這麼多年之後，我實在沒有能力再用台語清晰地表達我的意思了。你們說，這算不算政治呢？好像也算罷，所以我常說的，不要把政治看得那麼斬釘截鐵，政治到處都是，也到處都不是，這應該也是對年輕新進從政的人的一個建議罷。

我們談往事，尤其是談他到我家來的那個夏天，尤其集中回憶那段日子裡，我們一起渡過的一個奇魅的夜晚。我們倆像是各自收藏了半張破碎的藏寶圖，隔了這麼些年之後終於湊合在一起，各自挖掘記憶中的細節，把這張圖像補綴了起來。補起來以後，才恍然大悟，原來這藏寶圖裡寫的是「人生眞荒謬」。幾個大字，哈哈哈。

我現在完完整整地把那天發生的事講給你們聽，也許你們可以自己去揣摩人生當中究竟什麼是眞實，什麼是幻影。

那是高二唸完的暑假，吳信雄跟我一同回到小鎭，這我剛才講過了。你們知道他爲什麼會選擇那個時候離開台北到中南部的小鎭來嗎？那是因爲他那年的成績中有三科不及格，註定要留級了。吳信雄高中唸了四年，這件事那些把他捧成神一樣的雜誌沒寫過吧，哈！

我們在放假就已經得知這個結果。其實我也沒比他好多少，這是良心話，我的英文、數學都是紅字，不過像我這樣在我們班上算是正常的，社會組班嘛，何況：我小學、國中都在鄉下唸的。講到這裡我要說件社會學的分析給你們聽。我發現，台灣學生選擇志願跟城鄉分野有很強烈的關係。像我們這種鄉下來的，勉強考上高中，數學、英文的程度根本趕不上人家，所以一分組大概十個有七、八個選了社會組。眞的，中南部上去的，在我們學校幾乎都擠在社會組班，以後上了大學就唸商、唸政治、唸法律。所以啊，法政商基本上都是鄉下人的天下。結果呢？讀法律、讀政治的搞反對黨、搞自決、搞獨立，學商的出來排斥第二代外省人。弄到現在要保護這些第二代外省子弟的政、經權益了，眞是笑話、笑話，這一點上，我們黨裡一直看不清楚，做得不如以前的日本人，眞是問題。

我們剛才說到哪裡？喔，吳信雄比較特別一點，他高一時候數學、生物就唸得不好，所以轉到社會組時，對了，你們現在沒有甲、乙、丙、丁，也沒有社會組、自然組了是不是？後來搞一堆第幾第幾「類組」、類組，什麼東西嘛，類就是組，組就是類，對不對，什麼類組，我都弄不清楚，還是自然組、社會組好，自然就是自然、社會就是社會，一刀兩斷，清清楚楚。

我現在就要把那天的事原原本本說給你們聽。吳信雄比較奇怪，他轉到社會組來，數學還是不好，被當了，他竟然連歷史、地理也一起紅到底，不可思議、不可思議。我們那時候，兩科不及格要補考、三科不及格就留級了。放假前導師就暗示過吳信雄，他沒救了，他自己心裡也清楚得很。不過他很怕成績單寄到家時的天翻地覆，所以他是躲到我家來的，躲離開台北遠遠的。

我還記得那一天我們很早就吃過晚飯，鄉下地方都比較早吃飯，因爲家庭主婦比較閒的關係罷。我們吃飯時邊看「雷鳥神機隊」，那是以前很有名、很轟動的電動木偶戲，你們大概不會有印象了吧？吃完飯，天色還很亮，夕陽照得一條大街陰陽分明。我帶著吳信雄去散步。一出鎮上最南的柏油街道就是一條東西向的小河，河南岸的堤防還是新近才砌成的。聽說造堤防的那段日子，每日鎭裡鎭外聚集了上千的士兵，蔚爲奇觀，鎮上還因此多開了三五家臨時性的茶室呢。我們走上堤防時，吳信雄走在前面，他突然回過頭來對我說：「阿揚，我想，學校的成績單大概已經寄到家裡了罷。」我抬頭看著他居高臨下俯視的臉，發現照著陽光的一面因方才走來的汗意而泛著亮，可是陰影的另一面卻純然浮抹著黯然的憂傷。乍看下倒像是戴著個一哭一笑截然兩分的面具。我也不知道該說什麼才好，我們都知道依慣習，學校會在這天早上把成績單寄出的。我們都登上堤防後，吳信雄又轉過身來重覆說：「我想，成績單大概今天就寄到台北家裡了罷。」我望著河底曝現的渾圓卵石，不敢看他。說眞的，當時心裡眞是充滿了感傷，我們再也不能在一起上課了。暑假過後，當我們搬離三樓教室下到一樓去時，吳信雄卻還要留在原來的陽台上，偶而探頭覽視我們在教室外的中庭上捧書爲聯考苦讀，那必定是很刺痛的經驗吧。

吳信雄看我沒有答話，自己絮聒地嘮叨起來。他猜測郵差四點半左右會把成績單送投進信箱裡。五點一到他爸爸會從區公所下班回來，意外地發現平常總是空蕩蕩的信箱中躺著一紙薄白單簡，用釘書機釘住的成績通知書。通知書裡應該還順便夾著關於留級規定事宜的資料罷。他想像他爸爸會暴跳著衝上公寓四樓，連鑰匙也來不及掏索，猛力拍打著大門，砰砰聲裡雜著對他媽媽的呼叫，門一打開，對著他媽媽一張惶惑焦慮的臉，他爸爸會把成績單一把拽在鞋架上，張開嘴頓一下，學辦公室裡那些外省人一樣，兩手一攤，用帶點閩南語腔調的國語：「看我這張老臉要擺到那裡去才好！」

這眞的是當時吳信雄一面想像、一面學給我看、學給我聽的。我們同學兩年，這還是我第一次聽他說起他爸爸。頗可笑的，他模仿他爸爸的那個樣子。不過你們要注意，我這不是隨口說說的，你們是我的學生應該知道，我說話都是有計劃、有結構，他們寫文章的人講的，有伏筆的，我的每句話都不亂講，一定有企圖、有目地的，你們將來打算從政的人這個要學學，這樣你才知道什麼人眞的在聽你說話，什麼人只是點頭敷衍，其實心裡在暗幹：「什麼嘛，官大學問大！」這種人你一問他，他只知道你表面說的那些，至於伏筆、暗流他就搞不出來了，然後你就看他在你面前糗啊、窘啊，臉漲得個豬肝紅，眞爽！

所以說我講每句話都有含意，有意涵的：不過說到官大學問大，我倒是想起一件事來。我們中國傳統裡，不止是官大學問大，官大什麼都大，我要講個笑話，這有一點色彩的，你們幾個女生去上化粧室不要聽。哈哈哈。那是我去美國時，一個唸思想史的朋友講給我聽的，聽說這則笑話還是《笑林廣記》裡，開宗明義第一篇。笑話其實是不怎麼好笑啦，不過象徵意義很深厚。那笑話是說，古早時候有一個做官的昇了官，他興高采烈地回家告訴他老婆，結果他老婆沒有什麼高興的樣子，只有冷冷的問他一句：「官做得大了，那個有沒有跟著變大？」那個是什麼，男生一聽都知道，女生就裝做聽不懂好了，以維護純潔形象。哈哈哈。那個大官正在興頭上，隨口就應說：「有啊，有啊，大了大了。」結果當天晚上，他和他老婆在床上見眞章，老婆抱怨他說謊，他靈機一動，對他老婆說：「啊，夫人有所不知。

我昇官你也就跟著昇品啦，你昇品，那個自然也跟著大了嘛。」你們看看，昇個官，什麼都大了，不只學問大、不只學問大。

我們言歸正傳。言歸正傳。言歸正傳。我講他爸爸是有用意的。等會我還要講我爸爸給你們對照，然後等到我描述完了那天的事，你們才會恍然大悟，這樣的人生有多麼荒謬，想要給這樣的人生下定義、做解釋，像你們問我的，到底什麼力量讓我選擇目前這條路來發展的，什麼事、什麼人影響我的，告訴你們，這些都是騙人的，到時候你們就會知道。

言歸正傳，吳信雄和簡志揚在堤防上，夕陽刺得我睜不開眼睛，只能低頭看地上，我看著河床。吳信雄還在說他爸爸。他爸爸在區公所兵役科當了幾十年的公務員。辦兵役業務是他的工作，也是他的事業，他每天上班的時候會熱心地從櫃檯後舒服的沙發轉椅上站起來，嘮嘮叨叨的跟來辦登記的役男或役男親屬宣傳，服兵役是何等何等神聖的國民義役。下班後沒事時，讀胡秋原辦的《中華雜誌》是他最大的享受。要不然也弄一點歷史，聽吳信雄說他爸爸研究班超最是在行，既是投筆從戎，又能開疆拓土，倒眞是貼切。聽說前兩年還自費印了一本書出來，這樣人的兒子歷史、地理不及格，你們可以想像吳信雄爲什麼要躲到我家裡來了罷。

接著我們就討論了些關於歷史和地理的問題。在芝加哥的時候，我們還爲了這段討論起了一點爭執。吳信雄堅持我在那天接受了他所謂「歷史謊言化」的說法，而我確記他採取這麼偏激的立場，是被留級以後的事了。你們知道，遭受這樣重大挫折的，會對挫折來源加以扭曲，來合理化他自己的挫折。這是西方社會科學的說法，其實用中國人的說法，一句話就夠了，阿Q精神嘛，當然，吳信雄是不會承認他那是阿Q精神的反應的。不過他到底承認，他的「歷史謊言化」的一套歪論，還是受到我爸爸的影響的。哈，我早預告過要講到我父親的吧，你們不要那麼驚訝，其實，吳信雄一直對我父親很敬重，我這回去美國，吳信雄在芝加哥的地址還是我父親給的。所以我說這整個人生本來就是很荒謬的，要不然下回你們去美國問吳信雄，同樣的問題：「請問吳先生，您這一生中，誰對您的影響最深遠呢？」如果他夠誠實的話，他一定要說：「是簡謙先生。」那麼簡謙又是誰呢？他不會告訴你們的，不過我可以告訴你們，簡謙先生就是簡志揚的父親，簡志揚又是誰，他是全執政黨裡最有創意的新生代！

你們都急著想知道這是怎麼回事，對不對？不要急，我就要講了。言歸正傳，我和吳信雄討論起我們的成績，我不太敢，也不太願意碰觸他的傷處，我們是好朋友，至少那個時候是好朋友，其實，這次在芝加哥和他會面，臨別的時候我也還是跟他說：「我眞的很希望有一天我們能再成爲好朋友。」那是在芝加哥一幢大樓頂褸的酒吧間，我們準備要離開了，吳信雄用身體的重量推向厚厚的玻璃，然後整個人就賴在門上等我出去，門打開來後，頂樓的風劈哩啪啦地颳進來，吹得吳信雄長長的頭髮、西裝敞放的衣襟飛得一塌糊塗，而我迎著風剛好看到遠處芝城國際機場空曠的地區裡格外顯眼。我突然就很感動。我這個人最大的缺點也就是我最大的優點，我很容易感動，感動了就容易受騙，可是感情豐富，也才會有想像力，有創造力。很多政治人物到了老年，對什麼都沒有感情，也就沒有創意了。說眞的，我當時看吳信雄那個弔詭的模樣眞是很感動，爲什麼說弔詭呢，你們想像一下，一個肥胖中年的落魄人物，連落魄都落魄得不像，因爲太胖了嘛！所以只好靠一些小雜誌替他撐場面，自欺欺人說他沒有落魄！我那時就想，明天一早，就從那條現在看去金碧輝煌的跑道，我搭上機尾漆有國旗的華航班機飛洛杉磯，然後就直飛東京回台北了，回到家了，那個你在異鄉口口聲聲稱呼「生養我的美麗的島」的地方，而你呢？大概還在一張破床上爲了宿醉呻吟罷。我的噴射機飛過你頭頂時，你只能翻過身來，呆呆地望著飛機西飛而去，你能怎樣，你能怎樣？除了留在高二教室三樓陽台上看樓下中庭裡高三班的同學從教室裡走出來爲了討論模擬考題目而面紅耳赤，你又能怎樣？除了眼睜睜看著一班班到台灣去的飛機在你屋頂上拐個彎，你又能、怎、麼、樣？

他那天喝了很多酒，原來在頂樓酒吧的時候，這就證明了他這個人不瞭解自己，他註定一輩子搞政治搞不出頭。他那天竟然在我面前喝得胡說八道，喝到捶桌子叫：「幹伊娘執政黨、幹伊娘反對黨，同籠仔裡兩隻豬咬未了！」不好意思，不好意思，他那種台北腔我學不來的。不過你們想想看，喝到在我面前講這種話，吳信雄幹我們黨，這是很正常，司空見慣了啦，不過在一個也小有地位的黨工面前用這樣髒話罵他的黨，這也太不聰明，太沒水準了罷。這還無所謂啦，他把反對黨也幹進去了，這好了，今天是遇到我，我不喜歡跟人家玩陰的，要不然我到處宣傳一下，你看那些雜誌還捧他不捧？一點警覺性都沒有，還搞什麼政治，難怪搞到有家歸不得以外，什麼也沒撈到！我上回和幾個朋友吃飯跟他們提到這件事，我就明白跟他們說：「你們不要以爲吳信雄現在熾手可熱，碰不得！我告訴你們，要弄倒他只需要兩根手指頭，你們下次去，帶著錄音機去芝加哥喝酒，等他喝得差不多了，錄音機接下去，讓他自己去講，你不妨到旁邊睡個覺、打個盹，等他講完，馬上把錄音帶多拷貝幾份帶回來，你看看吧！那些雜誌搶破頭個個把它拿來當獨家頭條！」我剛才說過，政治是無所不在的，連那些琥珀色晶瑩晃漾的液體裡也有政治！

我們剛才說到哪裡？啊，他站在玻璃門邊，那麼大一個身材，風一吹卻好像快飛走了，他就像一顆大汽球。我去輕輕拍他的肩膀，我還不敢用力拍呢，怕一下子把汽球拍破，咻一聲，他又變回高二時候那個瘦弱白晰的少年！哈哈哈，開玩笑，我跟他說：「眞希望能再和你成爲朋友。」我說這話是眞心的，眞的，他好像也很感慨，盯著我看了看，點點頭說：「等到八十歲吧。那時候你也爬過頂了，再和一個像我這樣的反對黨在一起就沒關係了。不過到那時候，你要天天在旁邊提醒我，我要活得像徐復觀先生那樣，徹頭徹尾銳氣十足，多有意義的一生！」是啊，是啊，多有意義的一生。吳信雄後來書唸得多了，人書唸得多就很容易自我欺騙，顯意識、潛意識一起受騙上當，連記憶都給書本上寫的扭曲了。今天，我，簡志揚，在人前，爲了青年們的正常成長，我會說些人生多有意義什麼什麼一類的屁話，可是酒醉後、睡覺中、我清清楚楚人生有多荒謬、人生就是一團混亂，而像吳信雄這種人，連醉到舌頭大了都還在說：「多有意義的一生。」哈！他還說他要「徹頭徹尾銳氣十足」，這更可笑了，他以後怎樣我不知道，至少要被留級那個夏天，他就不是什麼「銳氣十足」的模樣，「徹頭徹尾」，唉，自己騙自己的啦。

你們要注意啦，你們注意到沒有，我這次講這些用的是一種「循環法」的技術，原來講高中時代的吳信雄，突然岔出去講了一大堆別的，可是最後還是又回到原來的主題上，環環相扣，每一個分枝都照顧到了，我們剛才是在說什麼？不是……不是……，喔，我是要說對待朋友與對待敵人不同的態度，你看，你們都忘了。朋友有傷痛處時，我們要用引導的方法，旁敲側擊，引著引著引他自己去檢查傷口、治療傷口，直到傷口痊癒。對付敵人就不同，對敵人分兩種，實力不如你的，一上去就揭他瘡疤、打擊他的傷口、一擊、再擊，一直打到他完全沒有還手能力爲止；另一種實力比你強的，那就要蒙他的傷口、蒙他的眼睛，讓他根本忘記自己身上還有傷口，一直到傷口潰爛、發膿，無藥可救！這你們要學，從經驗中學，我剛才說，我還是把吳信雄當朋友。……我一直還是把吳信雄當朋友的。

那時候在堤防上，我就先提我自己的弱點，我的英文。我的英文一直不好，而吳信雄是什麼都不好，只有英文強，我那時候就問吳信雄應該怎樣唸才好，他當時怎麼回答的，我們兩個都不記得了，不過這次在芝加哥，我又問他同樣的問題，他想了好久答不上來，勉強說：「我讀英文沒什麼訣竅，都是一些笨方法。」後來又補一句說：「那些笨方法都是跟我爸學的，把時間耗下去，總會有收獲的。」當然，他是用台語說的，大意是這樣。所以我說我親愛的學生們，你們看看這人生有多麼ironical paradoxical！吳信雄步人中年以後，到底還是認同他爸爸的方法。而他爸爸拿那種方法做什麼呢？談中國古書、做中國歷史、研究班超，而吳信雄學什麼？學英文、學了英文，去了美國，在美國說中國歷史是假的，說台灣人要學台灣史，這不是非常ridiculous嗎？

言歸正傳，好，言歸正傳。後來吳信雄很自然地就反問我歷史、地理要怎麼讀的問題，我還記得那時我們沿著河堤已經走了好一段時間。離開小鎮已頗有一段距離了。這時很接近河口了，兩岸堤防逐漸順著天然河床的寬度而愈離愈遠，南堤防上原本也有些人在散步，一方面也是天色的關係，這樣，漸漸看不清楚了。而往北看，一整片的平原上廣袤無垠。因爲是沙地的關係，種作的都是些瓜、藤一類在地上爬的植物，所以，感覺上，整個天地間就只有我跟吳信雄，簡志揚跟吳信雄兩個人直挺挺地站立在夕陽斜照裡，談論歷史與地理，整個天地間蒼蒼茫茫兀立著兩個二十年後最尖銳、最針鋒相對的政敵！哈哈哈，可是那時根本沒有人知道，根本沒有人想像得到，這就是人生，許多以前發生過了的事，回過頭去看，竟然變得……原本毫無意義的事，兩個成績不及格的高中毛頭小子站在堤防上「搧海風」，竟然是最具象徵意義的畫面。矛盾與統一，超越矛盾後的統一，超越獨立後的統一論。不可思議、不可思議。

吳信雄那時感慨著他如果上學期歷史不要被當得那麼慘，也許下學期的成績還可以補得過來。對了，有一件事差點忘了跟你們講。你們曉不曉得，現在搞「獨」的，談「台灣文化」的那一群人裡，我們中南部一帶「海口」出身的子弟特別多？他們講了一大堆理由解釋這個現象，什麼謀生困難啊，遭受剝削啊什麼，其實都還脫離不出下層物質的解釋，馬克思啊，下層結構生產力和生產關係。有一個上層的、精神的，屬靈的因素他們卻很少想到，不，應該說根本想不到，爲什麼，不讀書嘛！光讀那麼幾本概論什麼的，夠幹什麼用。我說「海口」人喜歡搞「獨」是有精神因素的，因爲我們在海口地帶，剛剛跟你們講過，田地裡連稻子都不太種得出來，種什麼？種地上爬的花生、西瓜、地瓜，要不就是蘿蔔、馬鈴薯，所以你人住地裡一站，哇，空蕩蕩的田野就你最高，唯我獨尊嘛！你們不要笑，這是眞的，現在還比較好，海口開很多魚塭什麼的，還有一根根插枝養牡蠣的竹竿，至少有半人高，我們那時候連這個也沒有！沒有山，樹也很少，都是迷迷濛濛的那種木麻黃，也沒啥氣派，所以天地間人最大，我最大！這種人長大了，自然想要「獨」，不但台灣要「獨」、海口要「獨」，自己海口圈裡也要「獨」，獨來獨去，我老實告訴你們，也不會有「出脫」的啦。像這種精神影響，你們要學習著去轉化，加以「創造轉化」，像海口出身的就應該選擇到大組織裡去磨，組織給你紀律，紀律加上頂天立地的氣魄，相輔相成，什麼事做不成？這樣才對嘛！

話講回頭，我們讀高中的時候，高二下學期唸的是西洋近代史，我記得這部份吳信雄還算過得去，大概拿了個60還是70分左右，他的致命傷是高二上的中國近代史，其實不只是他，那次連我都差點栽跟斗。我記得很清楚，你們知道我們那次期考考什麼題目？通通考卅八年以後的歷史！那時候的課本卅八年以後的事是分別台灣、大陸講的，台灣的都是什麼四年經建計劃、農業發展委員會、公地放領、耕者有其田什麼什麼的，而大陸那邊的更頭痛，反右、反革命、三反五反、幾面紅旗搞得一塌糊塗，我們班上每個人考出來都慘兮兮的，不過吳信雄特別慘就是了。那天在堤防上，我們都還在討論那份考題，我是因爲痛定思痛，爲了準備聯考，早把那段重新讀過了，而吳信雄還是「茫呀茫」，所以他講十句，我大概要幫他糾正九句，他煩不過了，突然兩臂夾住腦袋大叫了一聲：「啊——」叫聲好長好長，叫停了，冷靜下來，他轉過身，兩手剪在身後，臉上露著一個極其嚴肅，極其困惑、卻又極其憂傷的表情，像什麼你們知不知道，像總理有一張照片裡的表情，那是在火車裡，總理要北上開國事會議時照的。不要笑，不可以笑，這事不是開玩笑的，我不會拿自己的總理來開玩笑的，不過我想不出更好的形容，吳信雄那時眞的就是面臨一件眞正大事時而尚不知該如何是好，或說怎麼做都不好的那付模樣。他用這種表情，配合著略略低啞的聲音，跟我說：「我們記誦這些有什麼用呢？這些都是眞的嗎？我們不知道到底是眞是假就硬背誦下來，這樣對嗎？」

回想起來，那眞是稚童眼中對複雜的成人世界幼稚的質疑與抗議。哈哈，不過因爲他在這個問題前大叫的那一聲把我震懾住了，他問這些問題的時候，我只覺得滿心的歉疚，覺得我怎麼爲了滿足自己一時的虛榮，不斷糾正他，把他逼成那個樣子。所以他問我時，我竟然一句話也答不出來，眞的一句話都說不出來，人生眞的很荒謬，唉，我不要再說這句話了，我已經重覆了很多次了，我很不喜歡重覆自己說過的話，創意是最重要的，不過，人生眞的很荒謬，當時我實在應該聽出來他那一連串問話其實是受我父親的感染的，我當時如果說幾句話，打破他自己編織的迷惑，我敢說，我敢肯定地說，今天簡志揚和吳信雄會是黨內併肩作戰的一流好手，以我們兩人的實力，我出面上街頭，他在後面策劃做競選總幹事，那，我告訴你們，在台北拿個廿萬票沒問題，那，我告訴你們，那些反對黨的，在街上就沒得混啦！

唉，可惜、可惜。我當時竟然沒想到吳信雄這麼容易就受我父親的影響。這在心裡學上叫做「選擇性的接受」，他因爲受到挫折，所以對否定課本價値的講法就特別容易接受。你們大概都沒有見過我父親吧？其實他人還是很不壞的，很和氣。可是我從小就覺得無法跟他溝通，經常不曉得他在想什麼，他會突然迸出一些牢騷、一些抱怨來，無跡可循的。他那時候就最常說我們，我和我兩個弟弟是「孤竹仔」，不是「筍仔生的」。意思是說，我們像是孤零零長出來的竹枝。你們有住過鄉下的就應該知道，平常竹子都是先發了筍，再抽高長成的。筍部是由老枝根部冒出來，所以「筍生」的竹子會緊緊靠著老竹子，擠成一叢。我父親腦筋比較老一點，他覺得我們讀的書、受的教育，學到的東西都跟上一代脫節了。他最常罵我，因爲每回他要講以前日據時代的事，他小時候、年輕時候的事，我就躲得遠遠的，所以他每次看到我在讀歷史課本時，就咕咕噥噥地說：「自己老爸、阿公的代誌籠莫知樣，讀個那些有啥路用？」我剛上高中時還會跟他爭，後來索性就不理他了。時代變、潮流變，知識當然也要跟著變嘛！

那時候，吳信雄來我家，他們台北的小孩比較有那種到人家家裡的拘束。說好聽點是比較有禮貌啦，說難聽點當然就是虛僞，那幾日我們沒出去玩的時候，吳信雄就會主動到前面幫忙我父親看店。我們家開的是棉被店，其實忙的時候很少，所以我父親有的是時間跟吳信雄東拉西扯。我是兒子，我不愛聽的時候，可以一溜煙跑掉，吳信雄是客人，只好乖乖聽長輩嘮叨。而說眞的，我父親對台灣歷史是頗有些整理，加上吳信雄當時的情緒狀態，就這樣一拍即合啦！

我實實在在地告訴你們，吳信雄在美國搞的那一套，不管他說得再怎麼天花亂墜，什麼知識與權力的勾結，什麼社會制約扭曲人的意識，又什麼政治意識型態異化現代人與人、人與環境的關係，搬出一大套嘰哩呱啦別人聽不懂的名詞，其實啊，他徹頭徹尾沒有跳出我父親的手掌心。說穿了就是我父親到現在還掛在口頭上的一句話，「你們這些年輕人，學了一大堆亂七八糟的東西，說那個就叫歷史，以爲你們的祖先就是那麼回事，可是有一天，你老爸、你阿公眞的告訴你他們過去生活的實況，你們聽起來跟神話一樣，還以爲老爸、阿公騙你們哩！」當然，我父親是用台語講的，大意是如此，我的台語退步太多，不敢獻醜。我實實在在地告訴你們，就是這麼一句話就把吳信雄那堆小冊子、宣言的內容講完了。所以我再實實在在的告訴你們，人啊，創意最重要，只抱著一點小聰明抄一大堆書是不行的。

所以我每回想起來就替吳信雄覺得可憐，從那個夏天開始，在一個中南部的小鎭，被一個不相干的老先生硬灌輸了一些觀念，傍晚的堤防上，困惑地回過頭來問簡志揚：「這些歷史都是眞的嗎？」然後，那個晚上，又莫名其妙地聽到三個完全不相干的故事，從此這個問題就決定了他的一生，原來完全不相干的，這下子成了他生命追求的中心，你們想想，像這樣的人生，還要怎樣解釋，再怎麼解釋不都是荒謬嗎？

眞的，最荒謬的還是那三個聽來的故事，我現在就要把那三個故事原原本本地說給你們聽。說也奇怪，這樣的故事，對我們，吳信雄和簡志揚，根本一點關係都沒有，可是在芝加哥的酒廊裡，我們兩個卻都急著炫示自己對這件事的細節記得多麼的清晰，兩人你一句我一句，把一件幾近二十年，其實沒有啦，十五、六年罷，一件幾近十五、六年前的事，記得跟昨天發生的事一樣清楚，不、不、還不只，你們現在如果問我早上在教堂裡牧師講了些什麼，我實實在在地告訴你們，我不記得了，我只記得牧師端看黑皮的聖經反反覆覆的唸：「我實實在在地告訴你們。我實實在在在地告訴們。」可是，我實實在在告訴你們，哈哈哈，那晚上聽來的故事，一字一句我都能記得清清楚楚。

事情是這樣的，吳信雄問我那個問題，他那凝重、莊肅的表情把我一時弄呆了，我不知道該怎麼樣回答才好，我一句話也沒說。我剛才說過，愈靠近河口的地方，堤防上愈冷清，除了我和吳信雄以外，根本就沒有人煙，加上這時夏日的太陽已經全然落盡了，留下周遭沈靜地鋪陳著的一層均勻的淺灰色天光，兩人沈默地對立在一陣斷續一陣鹹得繃臉的海風裡，只聽見風颳耳廓撲呼——撲呼——的聲音，那氣氛，不知怎地，格外有一種壓迫人的力量，像什麼呢？像人面臨大事，面對歷史大變局、大事件時不得不緊張、惶恐，喘不過氣來的那種感覺，像我年輕時第一次參加全國代表大會，在大會堂裡，全場的人屏息等待主席，你們知道，我們黨主席上臺演講時的那種緊張跟壓抑。可是如果你們眞的問我，緊張些什麼，壓抑些什麼，我也不知道，人面對歷史時自然感覺到的卑微、渺小吧，好像突然間自己成了大人國裡唯一的小人。吳信雄一輩子就是缺少這種經驗，所以他一口否定歷史，他和歷史之間沒有感應。

講到這裡，我要講一件非常重要的事，你們之中將來一定有出來幹民意代表的，你們一定要懂這個，這也是我到美國時「頓悟」出來的，主要還是我那個搞思想史的朋友跟我講的。不過這次不是笑話，不是笑話，女生不必急著臉紅，男生也不必急著興奮。我那個朋友搞清初思想，他跟我說清朝收服明朝留下來那些「忠貞之士」最了不起的手腕就是「明史館」，修明史。一方面投合那些老頑固的頑固想法，跟他們說，我們要修明史囉，你們趕快出來幫忙，你們出來，可以替明朝修一本像樣的歷史，盡一個做臣子的最後的忠臣孝子之心，如果你們都不出來，到時候搞一本亂七八糟的明史永久流傳下去，你們就成了歷史罪人，千秋萬世也一直遺留臭名，你們自己考慮考慮。好啦，那些頑固份子，用現代的話講，一小撮偏激份子，乖乖地從各個地方到京師裡來應召報到了，這些傢伙平常躲在「深山林內」都是沒見過什麼世面的，一到京師來，不但讓他們在國史館裡上班寫稿，還不時帶他們到各個衙門機關去逛逛、參觀參觀，說不定皇帝早朝時排班還給他們留幾個空位塞著，結果呢，日積月累，這些人心裡就生出一種我剛才說的，面對歷史的敬畏，覺得自己正在參加歷史的行列，所以態度逐漸扭轉，後來都跟新朝合作，都做官了，結果呢，開個明史館收服了偏激份子的心，到頭來「明史」還是照著皇帝的意思寫的，這招高啊，眞高啊！

聽我那朋友這樣說，我就想到，其實我們也可以那樣來大搞一下，怎麼搞呢？首先要整建立法院，這是第一要務，那些反對黨不是擠破了頭想進去立法院嗎？好，讓他進來，一進來，馬上就要給他一種莊嚴肅穆的印象，讓他覺得立法院下得了，當一個立法委員不得了，一個立法委員在立法院更不得了，這樣他自然不會大吼大叫亂鬧了。接著呢，要整建行政院，行政院要蓋得比立法院更氣派十倍，然後「三不五時」要那些反對黨的立法委員去行政院參觀參觀，而且行政院最好定一些比較有看頭的會議，行政人員也要個個體體面面的，像現在這樣不行，讓他們去剛好，台灣人講的「嘟嘟好」，碰到什麼部、什麼會，甚至什麼科啊室啊的在開會，那些立法委員一看，哇塞！我以爲當個立委天天修法律，參與歷史已經很了不起了，沒想到人家行政院天天在創造時代、創造歷史！你讓他們有這種面對歷史的敬畏，我告訴你們，十個反對派保證九個半變成「體制內改革者」，這種精神意識層面的因素，不能忽視啊！我們黨內現在最缺乏的就是創意，超越物質、實利層面的創意，你們懂不懂？

咦？我們怎麼會談到這裡來的？嗳，對了，那個傍晚在堤防上，突然氣氛變得很僵、很壓抑，我覺得自己好像潛在海裡，整個人被海水團團裹住，水分子的壓力滲透在皮膚每一個毛孔的出入口上，爲了要打破這種凝結了的寧靜，我腦筋開始拚命的轉，想找個別的話題來說，其實也不用拚命的轉啦，你們平常聽我講課和今晚跟我聊天就應該曉得，我要隨便找個話題說說，是挺簡單的啦。那時候我恰巧看見一群蚊子嗡聚在吳信雄的頭上盤旋飛舞，我自己頭上也有幾隻，不過跟他頭上的在數量上實在不成比例，所以我就故意慨歎一聲，說：「唉，最近是怎麼回事，連蚊子都是公的多、母的少？」吳信雄很疑惑，根本不曉得我在講些什麼，他嘴巴一張，兩眉一皺，臉上輪廓自然寫出一個問號來。我這才取笑他，我說：「你看你頭上吸引那麼多蚊子，那些蚊子一定是都是公的，母的才在我這邊。」他還楞了一下，才會過意來，抿著嘴吃吃地笑起來，也沒生氣，我想他是習慣了，因爲那時他纖白瘦弱的模樣在班上向來就是被當作女性化象徵拿來談笑的。他笑了一陣子，高舉起兩隻膚色極淡極白的手臂在空中胡亂揮舞，在當時那樣將暗未暗的天光暈濛下，那兩條手臂製造出一種極其瑰奇的視覺效果，彷彿在一張平面的黑白照片上突然浮出兩隻象牙白立體的手臂來，似幻似眞，你們如果去看過柯波拉的電影「鬥魚」Rumble Fish的話，大概還勉強可以體會一、兩分那種感覺，一直都是黑白的銀幕，只有鬥魚是彩色的，還記不記得？

他手揮了幾次，蚊子根本沒有要散的意思，他就一面搖頭，一面跑了起來，剛開始還慢慢地跑，後來大概是性子發上來了吧，他索性朝向河口那頭筆直地狂奔而去。我看他跑了，連忙在後面大聲地喚叫他的名字，可是他根本不理我。你們知道，我們鄉下家裡從小就嚴格規定我們剛吃飽不能劇烈運動，我一直到今天還是如此，常有朋友約我每天下班吃過飯，差不多七、八點的時候到社區的球場去打網球，我從來都沒答應。總之，我一下子被吳信雄遠遠拋在後面，邁著大步苦苦追趕。

我現在只記得我埋著頭走得一身大汗，好不容易抬起頭來，看見吳信雄孤零零地站在靠近堤防盡頭的地方，我一趕上去，吳信雄很興奮地搖晃著我的肩膀，大聲地說：「阿揚，你看，那裡就是沙灘了！」他急促的喘息聲夾在字句裡，清清楚楚的。原來他一路跑來，被突如其來出現一片平坦開展的沙灘，及一線猶自晃漾閃爍的天際線嚇了一跳，他反覆地說了好幾次：「我不知道離海這麼近，我不知道竟然離海這麼近。」他站在那裡，除了胸膛急劇地起伏外，整個人一動都不動，兩眼直勾勾地遠眺昏暗中混沌一片微微有些搖震的沙灘，海、天空和雲的聯合體。一直到今天，在芝加哥的時候，他還是露出那付神往、中蠱般表情，他告訴我，沒有任何一個地方，全地球沒有任何一個地方，比我們的島更讓他留戀；而整個島上，沒有任何地方比我家鄉小鎮河口那片陸連海、海連天更令他舊夢縈懷了，這「舊夢縈懷」四個字不是我說的，是他說的，一面喝著黑牌威士忌加冰塊，一面文藝腔十足地跟我說「舊、夢、縈、懷」。他一直就是很文藝腔、很濫情的，動不動就感動得一塌糊塗，不過話說回來，我也蠻同情他的，從小在台北長大，幾乎沒見過海，就那麼一次，在那種心情下，那種昏晦的情境下，甚至還可能因爲狂奔後短暫貧血暈眩而產生一些幻覺，這些加起來給他一種浪漫的、美的錯覺。更加上，看過那麼一次以後，這許多年來，搞到有家歸不得，那麼大一個島，沒有一個他可以落足的地方。這幾年看來看去，都是洋人的海灘，要不然就是五大湖冰天雪地的湖岸。唉！我自己從小在那片海邊玩大的，說老實話，我眞的是無從感動起，十五、六年前無從感動起，十五、六年後還是無從感動起。

現在回想起來，十五、六年前在堤防的盡頭，我根本不能體會吳信雄乍然間遇見海洋時的心情。我本來就知道海在那裡的，所以當他感動莫名時，我只是在東張西望，漫不經心。我剛剛跟你們說了，吳信雄一直就是很文藝腔，我還記得那時侯，他歎了一口氣，像對我說，又像喃喃自語，「唉，我們應該學著把胸襟放開闊些，要學就學那大海，要不然至少要學那沙灘。」而就在他的文藝名言尾音還沒有落時，我發現大約兩、三百公尺外，差不多是南堤防堤腳的位置，有幾道不尋常的燈火閃爍，我不禁「咦？」了一聲。

你們曉不曉得我描述這一段細節的用意？你們之中比較細心點的應該了解了，我希望你們能自己從中去體會人生的無常和荒謬，而不要我來點破。像我們年輕時候讀那些號稱「存在主義」的書，動不動就虛無啊、空幻啊亂喊一陣，實在是沒意思。你們體會出來沒有？人生都是一連串荒謬的偶然串成的，歷史跟蚊子有沒有什麼因果關係，蚊子跟奔跑、奔跑跟海洋呢？每一件都是偶然，而且當吳信雄大歎「我們要學海洋」時，其實正是他走出我父親給他擺的迷宮最好的機會，只要我順著他的意思開導幾句，把文藝的感慨轉化成哲學的智慧，那他很可能就豁然開朗，導入正軌了。可是我沒有，那時我的注意力「嘟嘟好」給那些燈光吸引去了。你們想，這除了歸諸偶然以外，再怎麼解釋不都是牽強附會？有誰會想到這些偶然在你人生中有什麼意義，可是，老兄，對不起，他們偏偏就擁有最深刻的意義，這荒謬嘛！

言歸正傳。我這「咦」一聲一出口，吳信雄才彷彿從一場黃粱大夢裡醒來，回到現實，其實他這幾年何嘗不像在做一場大夢？在那個圈子裡，只因爲寫成了幾本小冊子，做了幾場演講，突然暴得大名，被捧成了領袖人物、新生代，我父親擺的迷宮他愈走愈深了，天曉得這次他什麼時候會醒，也許明天，也許明年，也許下次我再去芝加哥，在他身邊狠狠地那麼「咦？」一聲，他就醒了，醒來後兩人抱頭痛哭一場，不，也許開懷大笑一場，笑得眼淚滾了一地，然後簡志揚和吳信雄……簡志揚和吳信雄……醒了後幹什麼好呢？也許隨便到那裡去探險一下罷。

像我們十五、六年前那樣，追蹤著幾點閃爍曖昧的燈光，在已然全暗了的夜裡，兩個少年爬下北堤防，穿過一片濘水的沙地，鞋上腳上沾滿了泥，然後捲起褲管，兩人手緊緊握著手，涉渡過深僅及於膝蓋的河水，吳信雄的拖鞋被河水沖走了一隻，漂流了十來公尺，就擱淺在石縫間，可是兩個人卻是誰也不敢去撿，眼睛巴眨巴眨地睜望著那隻拖鞋一而再、再而三被水流沖打上石縫、旋個身，再彈出來，像在看一個落難哀號的同伴一般，心情緊張得像是唐山過台灣孤舟飄在浩洋上。哈哈哈，兩個怯懦的少年。

其實，我們原本都不是那種會輕身涉險的人，你們是我的學生一定知道，我從不打沒有把握的仗的。這次在芝加哥，我電話裡就跟吳信雄講明了：「只談往事，不談政治。」而一見面，我立刻找對了下手的地方，我第一句話就提他的身材，胖成那樣子像個飽受壓迫、歷盡滄桑的反對派人士嗎？所以我說，我們黨倒不妨考慮特案開放吳信雄進口，洋菸洋酒都來了，開放進口個反對黨、政治犯又有什麼關係？哈哈哈，吳信雄可以回來當反面示範，反對黨的反面，對我們來說就有正面效果。我們可以發動所有黨政軍的宣傳單位，只要集中火力提這一點就好，你們大家看，你們所崇拜的反對理論家、精神領袖就是這付德性，白白胖胖，腦滿腸肥。他們不是口口聲聲說我們不讓吳信雄他們一票人回來嗎？我們的新聞媒體就暗示一下，只要暗示一下就好，不要明講，其實是他們自己不想回來，在美國不知道跟第幾勢力勾連，金銀財寶享用不盡，天天紙醉金迷，在醇酒美人堆裡，一張白白的臉上兩片紅潤潤的嘴唇一掀一掀，喊：「革命啊，反體制啊，你們留在裡面又黑又瘦的衝啊，衝啊，我支持你你們，我隨時『精神』支持你們喔。」只要這麼一下，吳信雄就，土、崩、瓦、解啦，就像那天在芝加哥，我只出了兩招，一整晚上吳信雄還有沒有平日那副理直氣壯的模樣？我實實在在地告訴你們，沒有，他坐在那裡，像又回到高二的少年時代，叨叨絮絮的講我怎樣引誘他過河去探看那些燈光，那座傾頹得差不多了的老廟！

那些，如果不是他提起，我還眞不記得了。你們猜得到是什麼趨力策動兩個平日怯懦、謹愼的少年前去冒險的嗎？哈哈哈，是一種暗示、一種好奇、一種想像……性的暗示、性的想像、sex！初初昏暗的的夜裡，四際無人的海邊曠野，突然出現了幾道曖昧、閃爍的燈光，你第一個聯想是什麼？哈哈哈。吳信雄說那時候我一面凝視著這幾點燈火，一面喃喃自語：「奇怪，那裡怎麼會有人？嗯，好像有兩個人，是不是？你看，右邊那個好像是個女的，她腳邊有影子搖啊搖的，應該是穿裙子，不然怎麼會那樣呢！他們在幹嘛啊？」正因爲有這樣的暗示橫梗在心裡，所以兩個少年涉渡到河中心，一隻拖鞋漂走了，兩人都不敢去撿，可是也都沒有提議要回去，兩個靠得緊緊的心因慌張而跳得奇快無比，而這慌張一半是來自於涉河的冒險，另一半，卻是男孩成長的戲劇。

我記得，我們差不多花了半個鐘頭才走完那段三百公尺，這次回想起來，我們兩個怯懦卻又充滿了幻想的少年，那段路一定走得顛顛跌跌的。爲什麼，你們知不知道？因爲一方面緊張，不曉得摸過去之後會碰到什麼東西，搞不好是幾點鬼火，一群白呼呼飄啊飄，面目猙獰的「好兄弟」呢，所以腳步不敢放快，也不太敢出聲，拘謹得很哪，可是另一方面，卻又怕去慢了，人家已經走了，要不然，好戲、正戲已經演完了，所以又恨不得能插翅立刻飛過去。加上兩人心裡想的，嘴巴上卻不敢說，互相牽制，那樣結伴同行，怎麼能不步履零亂呢？那時刻的簡志揚和吳信雄是心裡想一樣的事，嘴巴裡講不出來，等到後來，到現在，則是嘴巴裡講著同樣一碼子事，心裡卻轉著南轅北轍不同的念頭啦！所以你們說，人世間朋友到底是什麼？朋友是靠彼此誤解才建立起來的，兩個人如果彼此都摸得一清二楚，那我告訴你們，是絕對做不來朋友的，這個時候兩人之間就只剩一樣東西，什麼東西？政治，只剩下政治囉。

我們費了好大工夫終於接近了那燈光的來處。我們故意在離得遠遠的地方上岸，然後緊靠著堤腳靜悄悄地摸過去。果然是兩個人影，不過不是我們想像的那樣，是兩個中年男子在一座看來已荒廢傾頹的老廟前，他們對話的口氣裡帶著些爭議，還有幾分似乎是莫可奈何的喟歎，你們可以想見我們有多麼失望，可是好笑的是，兩個人都不敢先表達出失望的感覺，還故意裝得彷彿這樣的結果在意料之中一般。誰都不好意思先提出來說要回去，生怕因此而被視破早先冒險涉河的情欲妄想，很好玩是不？

更好玩的是，你們一直以爲自己是偷偷地、神不知鬼不覺地來到這燈光的左邊，想說大不了是靜聽一會兒，眞的沒有意思就回去吧！卻沒料到，根本還沒走到我們原先選定最佳位置前，就聽到一聲接一聲，急急的喚叫：「少年仔、少年仔，來、來。」

你們以爲那是在叫誰……哈哈哈，就是在叫我們，這次我跟吳信雄回憶起這段，兩人笑得連眼淚都快要流出來，想不到罷，我們一起幹過這麼糗、這麼彆腳的事，想做賊被抓到已經夠烏龍了，竟然主人還以爲你是光明正大的想要來拜訪他，這種技術，眞的，眞的……不知怎麼形容才好。那人眞的以爲我們只是兩個愛玩的少年，他還說，他看到我們涉河過來，就跟他的朋友說，現在的少年還是有知道這麼一座廟的，他指我們給他的朋友看，看啊兩個勇敢的少年，從北岸涉過河要來緬顧這麼一座荒圮的老廟啊。

我和吳信雄都不敢答話，只是怯生生地走到廟前的空地上，聽任他們的不知哪裡弄來了兩張凳子招呼我們坐下，那兩人中有一人還披著件黑色的道袍，就是台灣人說的「師公」，另一個則是平常的汗衫、短褲，現在你們可以曉得了，其實我當時的觀察還是頗正確的，腳邊的影子飄啊飄，誰會想到那竟然不是裙子！我的觀察一向都比吳信雄敏銳，他是個死腦筋，書讀多了，只知道現象不管如何變，他的信念，他的原則不能變，所以，你們不要看他讀了那麼多書，在美國寫論文、寫書，其實他徹頭徹尾是個「信仰型」的人，他的知識只是用來解釋他的信仰的，什麼「國家體制」、「歷史謊言化」、「牧民邏輯」、「消費壟斷意識」，說了老半天，把外表的迷霧拿個大電扇吹一吹，其實骨子裡都是信仰，知識如何變、時代如何變、潮流如何變，他一概不予理會，就是堅持他那套信仰，我告訴你們，這才眞的叫做「狂信」，是先有信仰，才附和知識，我們就不一樣，像我們這樣，才是眞正「知識型」的人，知識、眞理擺在前面，信仰是老二。老大，也就是時勢、潮流變了，老二要跟著修正嘛！所以我常說，我最厲害的地方就是顚覆我的對手，你們自己判斷一下，經我這樣的分析，誰才是護衛眞理的前鋒，而又到底是誰保守頑固反動？這一下是非不是顚倒過來了嗎？他們自己的武器砸到自己頭上啦！

那個道士看到我們好像眞的很感動，一再的過來拍拍我和吳信雄的肩膀說：「多謝啊！感心，感心。」我們兩人窘得不知怎麼才好，幸虧天黑了，燈又擺在腳邊，要不然他們大概要以爲我們倆是關公投胎了，臉漲紅成那樣子！哈哈哈，說老實話，我從小在鎭上長大，可是竟然一直到那時爲止，不曉得那裡有一座廟。那廟可以想見原本蓋的時候還頗有些規模，而且想來當初應該是爲著祭拜河神方便一類的理由，所以才緊鄰著河床地開闢起來的罷。在暗夜裡，格外可以看出廟宇外形輪廓傾頹殘缺的程度，看來這透顯著幾分異樣鬼魅的古廟，已經老早就不只是香火不盛而已了。

後來從他們兩人的對話裡，我們才了解，原來是新堤防築成後，這座古廟被圍在兩道堤防間，今年夏天，等山區第一陣豪雨，或是第一個颱風過境後，河水暴漲，眼見這廟便要給洪水沖走了，所以他們來這裡，一方面乘涼緬懷，一方面打算做些法事，把廟裡殘存的兩座神像請走。他們以爲我和吳信雄也是可惜古廟的命運而來的，事實上呢？天曉得，不不，你們曉得的呀！哈哈哈。吳信雄說我們學習的歷史都是謊言，這我不同意，但若是把全稱改偏稱，把字眼改一下，說：「大部份的歷史是誤會。」這個我倒是可以接受，憑良心講。我做個比喻，你們，應該用全稱，我們大家讀歷史的感覺，尤其是被歷史感動得一塌糊塗時，那種心情其實就像那兩個中年人，以爲在板凳上的兩個少年爲了一種懷舊的情緒冒險涉渡而來，其實，歷史人物肚子裡的原始動機，說穿了大既都是男盜女娼一類。你崇拜他們，嘖嘖，歷史人物地下有知會臉紅的喲！

那時候，我們兩個像呆子一樣坐在高高的小板凳上，那種板凳，不知道怎麼設計的，高度剛剛好讓你坐上去，只有腳尖搆得著地面，所以你可以有兩種選擇，一種是勉強挺直身體，把腳撐硬，好努力維持著一付大人模樣，正經但是累人的坐姿；另一種則是索性向後坐，把重心放到最自然，最舒服的位置，這時候兩腳就勢必要騰空，不上不下地晃啊晃，這樣爭取到了肉體的舒服，可是卻喪失了作為一個成年，或說接近成年人的尊嚴，不管自己心裡，還是別人的態度，都把你當做兒童了。我不是常跟你們說，政治這玩意創意最重要？上次有個比較呆頭呆腦的同學，忘了是不是你們班的，就問我，「老師，我們該如何追求創意？」咦！你們笑了，可見得一定是你們班的人囉！其實他是誰不重要，重要的是，這問題根本就問錯了嘛！你們七八成是被市面上那些什麼「追求卓越」、「追求成功」一類的書名弄昏頭了，創意也能追求嗎？我問你，就是你，創意能夠追求嗎？有一個現成的創意在那裡跑來跑去等你去追嗎？不是嘛！你們頭腦要跟上時代，現代最新的行銷觀念都強調不是去找消費者，而要去「創造」消費者。同理，創意也是要去「創造」出來的。從哪裡創造，就從日常生活的小事裡去創造。怎麼說呢？就像我剛剛提的凳子的高度，這裡面就有很深的哲學、社會學、心理學等著你去挖掘，我不要把它講破、講盡，那樣會扼殺你們的創造力，我只提一點就好，其實現在那些學生搞抗議、搞運動，根本不必太緊張，也不必拿過去的經驗來胡亂比附，他們就好像當年坐在凳子上的吳信雄和我，想要像大人一樣兩腳著地坐得正正經經像模像樣的，所以要玩些他們以為大人們在玩的遊戲，兩腿挺得直直的，叫他彎他還不肯彎，可是不用擔心，學大人很累，要付代價的，等到他的肌肉疲了、倦了，他自然要把屁股往後坐，自然要把腿在半空中晃啊晃，也就自然要犧牲假裝大人的那種尊嚴，乖乖的去郊遊、烤肉、嗲聲嗲氣的說：「人家才不要懂什麼政治哪！」自然會把自己認同於兒童，也甘心搞大人遊戲的大人把他們當兒童了。你們看看，這就是創意，就是創造，用一種新的詮釋去看這件事，是不是馬上海闊天空了？像你們老是要追求、追求，追就是在人家屁股後頭，人家放個屁就把你薰倒，還能講什麼創意？

啊，言歸正傳，我和吳信雄兩人呆呆的坐在那裡，另外那個中年人，穿汗衫短褲的，很熱心地跟我們談話，道士則息息率率地到另一頭張羅大概是法事的道具。汗衫短褲的突然問我，「一定是你老爸給你講這裡有一間廟，對沒？」我不敢說我根本不知道，也怕他追問，就愣愣地點了點頭。他又問：「那你老爸有給你講廟仔本來有多熱鬧沒？」我又點點頭，他大歎一口氣，轉過臉對吳信雄說：「差不多三十年前，我才十五、六歲，像你們這麼大時，全諸羅算來，這間廟仔還排有著陣呢！」接著又嘮叨了些當年逢年過節時的盛況。當然，我想人在回憶過去的事總難免有點誇張，好的說得更好，悲慘的說得更悲慘，就是沒啥意義的，事後想來搞不好自己給它加上一大堆意義，所以都要打折扣，打個七折、六折大概差不多。他講著講著，人幾乎要手舞足蹈起來，我們當時沒見過世面，以爲三十年前社會就有這這麼富庶的慶典，都聽呆了，吳信雄忍不住就蹦出一句問話來，他問：「那這廟怎麼敗了的？」這一問，啊，眞是關係重大，我們這次在芝加哥見面，兩人還爲這一問的前因後果欷歔不已。我們當時就看見原本極其興奮的中年男子臉上雖夜暗也掩不住的亮澤逐漸地褪色，換上了另一種較爲濃重深沈，與他的皺紋顯現的年紀較爲相符的表情。他似乎連講話的速度都慢了一節。他重覆了吳信雄的問話：「這廟怎麼敗了的？」然後向著我抬了抬下巴：「你老爸有講沒？」這回倒不是害怕，而是好奇逼使我搖了搖頭。那中年人，接著回頭看看道士，又望望手上的錶，喃喃在口中唸了一句：「時辰還未到位。」才轉過來面對我和吳信雄說：「差不多二十五年囉。那幾年，民國三十幾年啦，廟仔連續發生三件代誌，一件接一件……之後，廟就敗了。」

我現在就要把這三件事、三個故事原原本本講給你們聽，就講這三個故事，不多講別的了，別的建議什麼的，我在前面講得很多了，再講你們大概也沒幾個人能吸收消化了。所以我要言歸正傳，讓你們瞭解，是什麼樣荒謬的力量，不相干的小事，就這樣決定了，簡志揚和吳信雄一生的發展，讓我們兩人在美國芝加哥的頂樓酒吧間裡各說各的語言，又笑又哭。讓你們瞭解人生有多荒謬啊！

第一件事是關於一個叫做敏仔的少年。那時正是戰事剛結束的時候。敏仔的家在海口一帶種作爲生，因著某種原因，敏仔的父親丟失了他們家原有的田地，成爲佃戶。這突來的變異使敏仔家中的經濟能力大爲窘迫。在不得已的情況下，敏仔的父親將小女兒，也就是敏仔的妹妹，送到台中給一家大戶人家，聽說是位戰後政壇頗爲知名的社會賢達，在他們家當童養媳，至於敏仔，則被送到鎮上唯一的一家「先生館」，也就是醫生診所裡來做事寄食。

那時敏仔只有十四、五歲的光景。由於先生娘娘家是敏仔他們一房的遠親，加上診所裡另外用著些下人，所以敏仔倒也沒吃到太苛的苦。你們要曉得，戰後初期，從戰事末期日本人大拉軍醫的浩劫後，殘存下來的醫生在社會上的聲望與地位。然而巧不巧，敏仔來的這家診所，這個醫生有一項和他聲望地位不太相稱、不可為外人道的隱疾。這個中國人說話造句實在十分巧妙，你們想想看，不可為外人道的疾病是什麼？我看到男生都在點頭，女生都故作茫然狀，哈哈哈。對了，不能為外人道就是不能人道，這是不是很巧妙？不過我要講一下，其實女孩子對這種事也不必太避忌，要看場合，我是你們的老師，是正正經經地跟你們說這樣的事，我絕不會刻意在這上面渲染的，做一個政治家，偶而幽默一下可以，但一定要幽默得有格調、有創意，沒有格調、沒有創意的笑話，還比不上一篇中規中矩，會讓人打瞌睡的講稿。這你們要記得。

言歸正傳，反正是說醫生不能人道就是了，喔，我是說那個醫生不能人道。這裡你們要注意了，有空時要去讀點邏輯、理則學還是論理學什麼的，尤其是關於全稱啦、偏稱啦那部分，這很重要。中文不像英文，沒有明確的冠詞，這在以前的時代是一項好處。例如我剛說：「醫生不能人道。」這麼簡單一句話，我愛怎麼解釋就怎麼解釋得通。我可以說所有的醫生通通不能人道，也可以解釋說我的意思是部分，一、兩個、這個那個醫生不能人道。我甚至可以把「不能人道」的解釋為沒有按照人道原則來行醫做人。你們看，以前在字面上玩政治，你們去看看民國初年哪些什麼通電啦、宣言啊，哈！多麼活潑、多麼有樂趣，平常有事沒事講話還可以掉個雙關語自娛娛人一番。不過你們要小心，時代變、潮流也在變，現在不一樣，你只要一句話沒弄清楚冠詞、數詞，那些新聞記者馬上就來修理你了。現在解釋的權力落在這些無冕王的頭上了，他們解釋的原則是往最壞、最糟糕的方向想、往最能弄得你雞犬不寧的方向想。如果你選擇搞政治，卻每天都在應付這些記者的解釋、推衍，那我老老實實告訴你，你就沒前途了，絕絕對對沒有前途的。

我們剛才說到，那個醫生不能人道，不能與他太太，也就是先生娘保持正常的性關係。在當時，醫生就像現在的高階層政治人物，是一種完美形象，是不能有缺陷的，更何況是這種缺陷。所以其實先生娘也頗可憐的，只能夠盡量忍耐。忍耐可不是一天、兩天，長久下來的忍耐也是很折磨人的。

後來有一回，碰巧是拜拜的日子罷，先生和先生娘早上去廟裏拜過了，打算晚上要請親戚朋友吃飯。下午時分，診所上上下下的人都在午睡，從鄉下來的敏仔靜悄悄地從後院的小房子摸進廚房來。原來他早上第一次看見這麼豐盛的祭品，生平第一次。而中午廚房預先燒煮部分食物的香味更是引得他口水直流。敏仔來鎮上時間不長，加上平常用餐都是單獨到廚房捧一碗舖了些青菜、醬瓜的白米飯，縮回自己燠熱悶窒的小房間裡吃的，所以那突如其來的好奇與引誘格外難以抵禦。敏仔站在滿桌的菜餚前幾乎不知如何呼氣與吸氣。他這一輩子還不曾想像過人可以這樣吃一頓飯。原本在他小小的心靈裡，還以爲沒加蕃薯簽、純白黏膩的米飯已是鎮上人家，不，是全世界，最高的享受了呢！他也不曉得對著那張桌子發了多久的呆，心中轉過了多少念頭，額頭鬢間卻逐漸凝集了珍珠顆粒的汗滴，他覺得自己的手臂彷彿有千斤重，怎麼也抬不起來。好不容易，敏仔把右手緊緊貼在桌面上，五隻伸得直直長長的手指碰觸到了盛滿雞肉的白亮瓷盤邊緣，每一條神經繃到了最緊最緊，這時身後一個嚴厲的聲音，低而堅決地響起：「敏仔。」

就像原先平靜無波的山頂湖剎時湖堤潰決。剛才近乎完全靜止的時間瞬間復活。敏仔急轉過身，看見先生娘寒青的臉。接著腳下絆到緊靠桌子放置的竹籐桌蓋，身子不由自主向前傾倒，敏仔怕跌跤發出聲響，雙手胡亂揮擺五指隨意亂抓，不小心抓在先生娘身上，翻倒的竹籠桌蓋在腳下翻滾滑動。敏仔急急收手卻連帶拉著先生娘站直不穩。他十四、五歲的個頭恰和先生娘相去不多，兩手揮舞怎麼都落在絲綢薄涼卻微透嫩暖的觸感上。這一段話說得我快喘不過來。讓我喘口氣。

敏仔這一陣慌亂，卻弄得先生娘禁不住意亂情迷，一時按捺不住，一手在桌上抓了一大塊雞肉，一手拉住敏仔，把敏仔帶進浴室裡去，用雞肉作餌，威脅帶利誘，要敏仔在她身體上上下下按摩了個完全，這裡有女孩子在場，細節我當然就不講了。不過我還記得當時，我少年時代，聽到這件事的第一個反應是疑惑。當得成當不成政治人物就看你能不能在最激情盪漾時還能保持冷靜判斷的大腦。我敢說吳信雄不用說當時，就是現在也想不到這個問題。我來試試看你們哪些人以後有希望。我，少年的簡志揚想的是：先生娘為什麼叫敏仔摸她？而不是要敏仔跟她做愛？你們有沒有想過？答案是什麼？對，敏仔只有十四、五歲，對，可能「能力」不夠。不過，只想到這樣實在不夠細心，也是能力不夠，思辨力不夠。還比不上那個先生娘。我告訴你們吧，我當時一想就很佩服那個先生娘，在激情、意亂情迷裡還能冷靜判斷。你們要知道，當時的避孕方式不是像現在那麼普遍，應該說，根本沒沒有什麼避孕方法。先生娘能懷了孕擺明給醫生，社會上最高地位代表者，戴綠帽子嗎？當然不能！

先生娘食髓知味，此後就常常用各種敏仔在鄉下不曾嘗過的吃食來誘惑敏仔。在浴室裡，或者醫生不在時，就在房間理，讓敏仔用手和口舌來滿足她的需要。敏仔，當時十四、五歲的小孩，雖然懂得不多，不過多少也有點羞恥、罪惡的感覺罷。

時間過了差不多大半年罷。廟裡大拜拜，一年一度最鬧熱的盛會，約莫是神過生日一類的罷。那幾天，敏仔最為興奮。一方面當然是拜拜可以有更多吃好東西的機會，不過更重要的，是他離別了一年，送在人家家裡當童養媳的妹妹，從台中來了。以前做童養媳的，有好有壞。敏仔他妹妹的遭遇算是比較普遍，也就是壞一點的。小時候根本就是被當佣人使喚。而且他妹妹長到近十歲才去，小時候養成的習慣難免有跟大家戶格格不入的地方，所以也難免挨打。一年了才由一位老媽子帶著回親生父母家探望一趟。小妹妹從親生父母家出來，便苦苦地央求老媽子帶她來看一樣隻身在外的哥哥。

兩個小孩躲在敏仔的小房間裡哭泣流淚，訴說別來景況。敏仔對這樣一位別離後因委屈而格外顯得沉鬱的妹妹，又是痛惜，又是哀憐。於是他決心，至少讓妹妹有一頓她從未想像過的豐盛晚餐。他帶著妹妹到河邊的廟會去。這時已是下午時分了。敏仔將妹妹安置在廟口戲台下之後，便擠進人群裡尋找先生娘。他的臉色因汗熱、興奮與羞愧的纏夾而格外緋紅。他在廟裡左廂月洞門口找到正在和另一名婦人聊天的先生娘。他靜靜地站到先生娘身後，利用先生娘身影的遮掩，悄悄地用手指撩劃她的背脊。輕輕柔柔、斷斷續續的挑撥，於是讓先生娘打發了對話著的婦人，回首對著敏仔盈盈地笑開來，眼角燦亮著原本就屬於三十歲女人的慾火。

可是廟裡廟外都是人。敏仔用他稚氣然而帶些男性魅惑的眼神盯得先生娘心裡燥熱不安。敏仔第一次主動的要求給先生娘一種無可抑扼的興奮。於是，當敏仔冒險藏進神像背後的幕帷裡時，先生娘左右顧盼一下，竟也跟著進去了。

幕後面的事自己想像。我想大概是兩人動作太過劇烈了罷。不過照當年那個中年人的說法，則是神怒極而動。突然，下午最後一場戲正要開演，人群雜沓嘈嚷之際，廟裡正中央神像緩緩左右搖晃了兩晃，緊接著石破天驚般地轟隆喀喇，神像倒了。神像倒了。巨響夾著煙塵以及被擊飛的牲禮、供品，混亂中紅絨繡花的幕帷被風掀了起來，顯露出兩個人影，敏仔和衣冠不整近乎全裸的先生娘，而且這時，敏仔的妹妹在被嚇呆了的群衆間戲劇性的叫喊了一聲，「阿兄、敏仔阿兄！」

敏仔跳過神桌，從側門竄出去，開抬狂奔，一些男人在後面追趕，前後幾個身影沿著河岸愈去愈遠，一直到，一直到不懂得游泳的敏仔奔入漲水時期的河裡，再也沒有出現。再也沒有出現了。

這就是第一個故事，關於這個故事的含意，我等會兒，三個故事都講完以後跟你們提示一下，你們就可以自己體會出人生的荒謬與濃厚的傳奇色彩了。

接著講第二件事。在講第二件事前，那個中年人忽然問我和吳信雄：「你們都是本省人吧？」他話是用腔調很重的國語問的。我和吳信雄都點頭。他也跟著放心地點點頭。他故事開了頭說：「第二件是事件發生那年，喔，不是，是三十九年……」忽然又停下來，指指自己又指指這時安排好了法器湊近過來穿道士服那人，「你們認不認識我們兩人？」我們莫名其妙，不知怎麼答才好，他看看我們茫然張惶的模樣，又點點頭，說：「好，講給你們聽，不過你們不要亂跟別人講，到時候出事我不負責，知不知道？」

我現在講給你們聽，你們也不要到處亂講，要是別人來問我：「簡先生，學生說你跟他們講什麼什麼？」我一定否認我說過這些話，知不知道。主要是因爲你們不瞭解那一段歷史的來龍去脈，如果斷章取義亂講，會惹大禍的。像吳信雄他們講歷史就是斷章取義，這一代少年根本不知道三、四十年前是什麼樣子，只好聽他們隨便講，這實在很糟糕。

事情比上一件簡單多了，比較不費唇舌。是這樣的，當時鎮上有個婦人，四十歲左右罷，丈夫跟大兒子都出外去城市裡工作，丈夫是當時三民主義青年團的，這個很複雜啦，不過你們只要記得，光復初期的三民主義青年團其實是共產黨，拿三民主義作幌子的。二二八事件你們知不知道？你們大概都不知道，反正是台共作亂，顛覆我們當時國民政府。那個婦人的丈夫也是那事件裡參加遊行、打公賣局、打警察局的一個。後來失蹤了。消息傳回來，婦人急得不得了，可是急有什麼用，只好去拜神祈禱。她向神允諾如果丈夫平安歸來，她就請布袋戲回來演戲還願。祈禱完，占筊，一下子神就答應了。她一顆心獲得保證從半空中落下來。誰曉得回家後，當天晚上就傳來消息說，丈夫被正法了。屍體上七、八個彈孔，連個全屍都沒留住。

二二八，那是民國卅六年的事，過了三年，民國卅八、卅九年間，大陸共匪作亂，竊據美好祖國山河。那年過年時，她的大兒子，從外地回來了，在飯桌上對著弟妹們宣傳說，「我們認同祖國的時機終於到了，我們的工農同胞在祖國獲得勝利了。」我這樣講，你們一定就知道她這個兒子也不是什麼好東西了罷。可是那婦女實在太無知了，不但不懂得勸阻她的大兒子，還讓二兒子、三女兒都讓老大帶去了。她只知道又去廟裡燒香，祈禱他們三個平安，神答應說他們絕不會有事的。結果呢？春天來了，春天還沒過完，消息又來了，二男一女通通幹了匪諜，台共餘孽，一起被槍斃了。

於是，消息傳來的那個晚上，那婦人就瘋了，她從廚房裡拿著菜刀，跑到街上大叫著要替丈夫和小孩們報仇，她揮舞著刀一路往鎮外跑，跑到廟裡，廟公看她兩眼赤紅的兇像也不敢攔她。她就站在神桌前，兩手握著香一般握著菜刀，凝神注視著神像，廟公還以爲她在祈禱神保佑她復仇成功呢。沒料到，一霎眼間，她狂叫一聲，倏地攀上神桌，手揮刀落，木刻神像的頭應聲被她劊了大半個下來！

一個被砍頭的神，你們想像一下，在幾近四十年前的社會，這是一件多麼駭人的事呵。一個無法庇佑他的子民的神終於證明了根本無法庇佑他自己，這對神的威信是多麼大的打擊，少年敏仔的事讓村人認爲福祉神地被褻瀆了，可是這到底是敏仔和先生娘的過錯，是人的過錯，跟神沒有關係的。神至少還爲了要維護自己的乾淨清白而選擇了傾倒在衆子民面前，玉石俱焚的路。可是現在這件事不一樣了。早晨天剛亮時，每個人聚到廟前，親眼看見了一尊被砍頭了的神像。

你想知道後來那婦人怎麼了？咦，怎麼和當年吳信雄問的問題一模一樣，不過也還好吳信雄當年先幫你問了，否則我也無法回答你，那婦人的下落是不是？告訴你，答案是「不知道」。不是我不知道，而是那個中年人不知道，也不只是那個中年人不知道，根本沒有人知道。我到現在還記得那個中年人答話時，深皺的眉頭，以及遠望天空的眼神，他說：「失蹤了。沒人知道，也沒人去找。那時候失蹤是一件常有的事，」那婦人從此再也沒出現過。再也沒出現過。

這接連兩事件當然鬧得人心不安。很多人開始懷疑神，懷疑這樣被折騰了的神還有沒有庇佑衆人的合法神力。你們要曉得，中國人的信仰很勢利的，一種典型的交易式信仰。拜拜就跟付錢一樣，付了錢他就要看你給什麼貨，你不給他，好，他就不拜拜了。最近他們常在一起，那些老黨工們在一起，七嘴八舌討論「大家樂」，尤其是主席指示要嚴辦那陣子。他們那些老黨工在一起開會跟開聯合國大會一樣，常常大家家鄉土話都出來了，沒有翻譯機眞是有聽沒有懂。他們講一講就開始罵，什麼台灣人沒知識啦什麼的，我聽著就覺得他們才沒知識，這根本是中國文化裡帶來的，怎麼可以光罵台灣人呢？大家樂拜神求符其實也是社會交易行爲中的一環嘛，什麼好大驚小怪？這社會什麼都能買，什麼都能賣，這不過是另外一種買賣嘛，是不是？所以我說換一個比較深刻、帶有創意的角度來看，不就海闊天空了嗎？幹嘛老罵台灣人……

那婦人這麼一刀，廟沒了主神，只好先關了門。廟公遠去台北找了師傅重刻神像，並且選好了日子，要作「王醮」。「王醮」就是俗稱「迎王爺」。是要做法事的，就在這時候出了第三件事。

這第三件事很帶著些玄祕的色彩。當年那中年人說到這裡，停了下來，讓穿道袍的那個接下去說，那個黑衣道士，先跟我們解釋了一些關於作醮時的法事規矩。例如說王船怎麼做、日子怎麼選、三清壇如何搭、還有宋江陣太鼓陣什麼的，這些你們這一代的小孩不可能懂了。事實上連我也不瞭解，黑衣道士說的那些我也全忘了。當然，除了「開光點眼」那一段，至於其他這些，還是在芝加哥時吳信雄講給我聽的。我原先很驚訝，以爲他記憶力眞的比我還好，連這些細節都記得這麼清楚。後來是他自己漏了底，原來這幾年他在美國搞了些道教的書來看的。唉！我聽了就很替他感慨，吳信雄，你好歹也還算個人物，竟然弄到去學「師公」，難不成還想在二十世紀的八〇、九〇年代再做藉神道設教奪取政權的傻夢嗎？不值得呀！

當時作醮主持法事的就是跟我們說故事的那個黑衣道士的父親。作醮當天，那個黑衣道士也在旁見習，畢竟是好多年才有一回的大盛典，機會難得啊，不過在講醮場的事以前，先要講一段插曲，後面講起來你們才會懂。那年早先，有一位台中的政府要員，是我們平常講的「半山」人，突然像狂風一般帶了一大筆錢來海口一帶買地要建工廠。他當時開的價值挺不錯的，加上背後的政治勢力，所以一下子搜刮了很大的一片土地，造成頗多農家失地。不料，要員的工廠還沒有蓋起來，新台幣就先來了。舊台幣換新台幣，四萬舊台幣換一塊新台幣。不換，日子到了舊台幣就作廢。那些老農家身扛著一個個重重的大麻袋，裡面裝滿了錢鈔，上城裡換回薄薄零星的一疊新錢。這對那些新賣了地的人大概是頗大的一項打擊罷。於是難免有些人憤懣不平了。

作醮當天，有一項儀式叫做「開光點眼」，要由道士用雞血畫新神偶的眼睛，表示神附到了木偶身上。這個儀式是在一個涼棚裡進行，由主事道士負責點眼，先點主神，然後還要一一點守衛的神兵。同時另外兩個階級比較低的道士在旁揮劍保護，一般的習慣，在開光點眼時，除了作法道士以外，必須把其他人通通請出涼棚，但爲什麼要這樣，理由卻不是很清楚。

儀式從凌晨兩點鐘開始，約莫半個小時之後開始點眼，主神的眼睛順利點好，正在進行其他神兵時，突然從人群裡竄出一個老人，不聲不響地走進棚裡來，就站在道士身後，一動不動凝神看著那些神像，那三個道士因作法相當專心，也一直沒有發覺老人的存在！一直到通通點眼完了，揮劍的道士轉過身來，不意一劍擊在老人的額首上。老人應聲倒地。

中了那麼一劍之後，老人回去就生病了。道士們去探望老人時，老人正喃喃地對著守候著他的獨子說道：「只有這條路了，只有這條給你要回那塊地來了。」過了三日，他們就聽說老人不能進食了。老人還是反覆地說：「我去替你要回地來，我去替你要回地來。」第七日，凌晨時分，老人就過世了。道士們滿懷歉疚地去到老人家中替他料理後事。從那遺留的獨子口中，他們才知道，原來老人年輕時候也當過道士，不過是紅頭道士，跟他們不同支系，掙了點錢，硬撐著買了塊海口地，安定下來務農，不料這回地卻被買走了。

過了大約三、四個月罷，老人的獨子進廟裡去，石破天驚、可怕的事發生了。老人的獨子燒了香後站在廟廊裡，突然指著神龕裡的一座神兵像大叫，「那是我阿爸！那是我阿爸！」廟裡所有的人都被他嚇了一跳，定睛往神像看去，竟然眞的有一具眼光獨特的晶亮，彷彿眼珠子要動起來了般，那孩子又喊：「那是我阿爸！那是我阿爸！」在一陣全然的寂靜中，大家目睹神像眼角沁出兩道羞慚的淚珠。老人的獨子搶上去要抱走那尊神像，廟裡亂成了一團……。

有點荒謬，是不是？我實實在在告訴你們，故事本身的荒謬其實還遠不及它所象徵的荒謬性。聽不懂，很文是不是？我不講你們當然不會懂，我講你們就會懂了。我和吳信雄在芝加哥，花了一整個晚上回憶這些荒誕不經的古怪故事，兩個人搶著炫耀自己的藏寶圖比較完整。結果，聊出這三段故事之後，夜已經很深了，吳信雄一口喝乾杯裡琥珀晶瑩的美酒，用食指搖搖晃晃地指著我，非常非常感慨萬千地迸出這麼一句話，他說：「我眞的沒想到，你把這件事記得這麼牢。」我當時也是很感慨，這許多年後，一起聽故事的少年密友，成爲中年政敵，所以很老實地跟他說：「我當然記得牢，這三個故事，一直對我生命的選擇有很重要的意義。」

吳信雄好像很不相信他耳朵聽到的，他張著嘴愣楞好一會，才說：「我不信，我不信。」我急著分辨：「眞的，眞的。」他又說：「不可能，不可能。」我又說：「眞的。眞的。」

哈哈哈……

於是他告訴我，這三個故事改變了他的一生，他從這三個故事的啓示，而在十七歲的少年時代便決定了做爲一個反對派、反對體制的命運。第一個故事，敏仔的故事，讓他看見了人的卑微與無助。他想到這個世界上竟然還有如此因爲吃食艱難、必須在年幼時便飽嘗折磨與羞辱的人們。敏仔只爲了一些最基本的吃食而出賣自己的少年靈魂。同時吳信雄也看見了體制——禮教、虛名、宗教信仰對人的壓迫。一個表面上受人尊敬羨慕的先生娘事實上心中含藏了多少非人性的悲苦與折磨。吳信雄，從少年到進入中年，他相信人生在世就是要幫助所有這樣的人脫離困境，這正是他那天晚上立定的志願。

第二個故事，婦人的故事，讓他感覺到政治勢力的無理與可怕。生命不值錢，他說他每次想到政權的本質，就想起這個故事，就想到那個高喊要復仇的婦人，竟然寧可選擇冒犯神明，而沒有想到，也不敢想到，眞正殘害人命的是政權，是意識型態。吳信雄喝多了酒顯得有些口吃地說：「每次想到這個，我就混身起疙瘩，可以維持一整天頭皮發麻發癢的疙瘩，我害怕，其實我也害怕，可是要是連我也害怕，那大家都沒有機會從這種夢魘裡掙脫了。」

第三個故事，老人變神像的故事，讓他明瞭強凌弱，國家資本主義以政治、經濟雙重力量逼迫小民走投無路，只能用最原始、最神祕、最不理性的方式反抗。吳信雄還說，他後來在美國，每次讀列寧的書，關於農民的，他就想起那尊會流淚，羞愧地流淚，卻不知怎麼是好的神像。

哈哈哈，哈哈哈。他講完這段話後，你們知道我的第一個反應是什麼嗎？是捧腹大笑，就像現在這樣大笑不止，笑得全芝加哥要翻過來了。你們覺得奇怪嗎？你們知道嗎，不，「你知道嗎？」我一面笑一面也用食指指著吳信雄，我告訴他，這三個故事也改變了我的一生。我的一生。

這是什麼意思呢？這三個故事印證了許多我從書上學來的知識，使這些知識成爲有血有肉的經驗。第一個故事，敏仔的故事，讓我鮮活地體會到自己有多幸運，你們看看他們那個時代，是什麼樣的時代？貧窮、封建、落後。我們現在呢？這難道不正就是進步嗎？進步是從天上掉下來的嗎？當然不是，是政府和大家的努力！我從政以來心中一直有一個最大的執念：我不要我們的國家，我們的社會，在下一代，或再下一代，任何時候都不要，再倒退回敏仔他們那樣的生活，不，絕對不要，那怎麼辦？當然是把自己的心力貢獻給政府。除此之外，難道還有別的路嗎？

第二個故事，婦人的故事，讓我證實了：第一，共產黨眞的是無孔不入的。那段流離失所，傷痛悲哀的日子，是誰造成的？難道不是共產黨嗎？我們還能在這個時代重蹈覆轍，讓純潔的下一代再受污染嗎？這樣的信念讓我在高三時勤習三民主義，這樣的信念讓我在黨裡力爭上游，努力做好理論的工作，是不是？第二，從我略知什麼叫政治之後，這故事就一直在我腦中警告我：搞反對派是絕對沒有前途的。甚至是不道德的。除了自己弄到身首異處，彈孔累累以外，還會害得一家妻離子散，這算什麼、這算什麼？

還有第三個故事，我老實告訴你們，當時讓少年簡志揚震撼最大的是，迷信的力量，如果每個人都這樣迷信，動不動就訴諸於迷信，那我們的政府，我們的社會，還要怎麼運作？另外給我後來在許多時候作決定影響很深的是，社會上的公益，例如建工廠提高經濟能力，不容易被一般老百姓明瞭，所以孔子說：「民可使由之，不可使知之。」是有道理的，這種決策不能靠民主，靠民主就沒有繁榮，你們說對不對？這是二十世紀，理性、科學的時代，我當時就相信，現代化的必然性是連神也阻擋不住的。你們看那個老人，好吧！就算故事是眞的好了，他化身做了神罷，工廠難道就因此蓋不起來了嗎？我告訴你，工廠照蓋、煙囪照樣冒煙！神也擋不住的！

所以，可不可笑？我不是說了，人生的事就是這麼荒謬，就是這麼荒謬，一段毫不相干的經歷。在一座現在早被河水沖走的廟前，三個莫名奇妙的故事，就這樣改變了我和吳信雄，從少年密友，成爲中年時在芝加哥見面幾乎不敢相認的對頭，你們要問我什麼事影響我最深不是嗎？我實實在在地告訴你們，就是這事，就是這些發生過了，回頭去看荒謬可笑的一連串偶然，其他，都是騙人的，騙人的啦。

第二部

一九九六——「Sadness我們的哀愁」

1 Water in a Cup

那是一個毫不起眼的紙杯。上面印著綠色和紫色的圖案，正是那些圖案使紙杯完全不可能被任何人看見、感覺到它的存在。連帶著，一定也不會有人想到杯子裡半滿的水。因爲這裡是競選總部，綠色加紫色的圖案，還有號碼，還有候選人的名字，到處都是。大小旗幟，傳單、T恤、胸章、貼紙，無所不在的貼紙，電腦上的貼紙、桌墊上的貼紙、牆上的貼紙、筆上的貼紙、連膠帶盒上都有一樣的貼紙，信封信紙印表紙鑰匙圈遮陽帽，到處都是同樣的的圖案。當然還有茶杯，散落各地數都數不清的紙杯。如果有一個人走進總部，專心地想看看到底有多少紙杯，他必然大爲驚訝，他一輩子沒看過這麼多紙杯擠在同一個房子裡。任何可以放杯子的地方都有一個紙杯。不，也許不只一個，因爲紙杯可以疊著，一個疊一個再疊一個。

正因爲每個紙杯都印著同樣的圖案，誰也沒發現這麼多茶杯存在的事實，因爲這是開票的關鍵時刻，下午七點四十分，競選眞正的終點，沒有人會想要把印好了的茶杯留到明天再用。一批又一批的人湧進總部辦公室來，義工們很慷慨地給每個人奉上一杯水，每個進門的人都有權利用掉一個紙杯，再順手把它放在隨便什麼地方。七點四十分，票數差不多都從各地報進來了，各角落的電視上所有的聲光，也都是由數字組成的。不曉得從什麼時候開始，總部一點一點安靜下來，先是說話的人變少了，接著移動的人也變少了，大家各自定在一個點上，盯著大牆或是電視。

突然，在角落一台電腦上站著的紙杯被打翻了，水整個潑在一個女生身上，她的尖叫聲引來了所有人的注意。突然間幾乎每一個人都開始動起來，要去幫忙收拾那個闖了禍的紙杯。女生自己先把紙杯撿起來，然後拿面紙吸擦毛衣上一大塊的溼漬，面紙才剛碰上毛衣，女生就哭出來了。眼淚嘩啦嘩啦地流，愈是哭，她愈是用力地擦身上潑到的水，卻完全不顧臉上更加混亂不堪的淚痕。

整個總部每個人都窘迫不堪。面對女生、面對被潑倒的水，完全不知所措。愕楞。尷尬。

吳信雄突然覺得，說不清楚爲什麼，就是突然覺得自己非常非常像是那杯中的水。

「吳信雄表示，這次選舉表面上看來好像是有點歷史裁判的意味，不過其實卻是對台灣未來的另一種選擇。透過對過去的肯定與否定，來標舉出我們大家要怎樣的二十一世紀。選擇李登輝，就是選擇一條投機取巧、看風頭做事的路。當國民黨強大時就投靠國民黨，不反抗也不輕易反對，熬到擁有權力時再來努力。從結果看，這條路好像不算太差，可是這實在是條不可靠、碰運氣的路。萬一蔣經國沒看上李登輝呢？如果蔣經國沒有湊巧在一九八八年過世呢？台灣就不必追求民主了嗎？

「『所以選擇民進黨的許明德就是選擇台灣從此以後要有原則、要有骨氣。』吳信雄強調：『二十一世紀的台灣要有計畫，而且要明辨是非。過去四十幾年，我們運氣不錯，可是就像台灣諺語說的：『沒有每天過年的。』怎麼可能一直這樣依賴運氣，選擇只是運氣好的人來領導我們？我們要民主、要照顧所有的人，這就是對的、要做的事，情況再糟再不利，我們都得要做要撐下去。這就是許明德的生命精神意義啊！」

「至於選擇林洋港代表什麼，吳信雄則笑而不答。記者再三逼問之下，他才勉強講了一句：『那就等而下之，不提也罷了。』」

——《新新聞週刊》

「許明德陣營負責戰略規劃的大將吳信雄，則對選舉結果有著比較保守的估計，他不願明確地預測許明德可以獲得的票數，卻強調不管輸贏，都是對台灣的重大貢獻。『我們教導台灣人民，總統這個職位到底是幹什麼的，一場正確、負責的選戰到底應該怎麼打，這樣就很夠了，』吳信雄言下之意，似乎對許明德要在選戰中獲勝，不是十分樂觀。」

——台視晚間新聞

3 Freudian Slips

一九九六年二月八日。策略會議。許明德、魏、陳、阿皮、小薔、劉姐、范。

1、魏陳吳三人發言必須一致。怎麼可能？「李登輝是共產黨」？我為什麼要給李登輝那麼高的評價？台灣共產黨。台灣人不知道台灣共產黨的存在，他們只知道中國共產黨。蔣介石、毛澤東、Chicago。台灣共產黨芝加哥支部，總書記吳信雄。他媽的，我什麼時候改用他媽的作口頭禪呢？幹……太粗了，從來沒有罵過台語髒話。

2、廣告策略儘速整合，不要東一個西一個登，浪費錢浪費紫彈。紫彈，他們有金牌我們有紫彈。紫色是貴族的顏色。

顏色顏色。顏色顏色。穿白色上衣裡面卻是黑色胸罩算不算不禮貌。給她一點顏色看看。什麼顏色，還以顏色，禮上往來。在禮貌上互相往來？禮貌的界限就是朋友的界限？黑色胸罩不禮貌，因為應該是留給情人看的，朋友和陌生人不應該看到。

媽的，寫錯字啦。禮尚往來，中文忘光啦。Chicago，Chicago，Chicago。

Chostakovich、Shostakovich。Ch和Sh都可以可以。俄國人，陰鬱的靈魂，陰鬱的音樂，競選主題音樂，福爾摩莎福爾摩莎，我的媽媽……俗，俗，俗。

3、文宣部、專案部、政策部定時開協調會議。本位主義。如果眞的當選了，這個Team要進總統府，你放心嗎？放心放心放心放心放心放心放屁放屁放屁放屁放屁反正不關你的事。

4 More Interviews

阿傑，有些東西我講了你不要寫。不是說不可以寫，是不要用我的名義寫。我提供給你當寫分析稿的內幕參考資料，你幹嘛掛我名字說是我講的？就寫個「新聞透視」嘛，堂堂皇皇「本報記者范嘉傑特稿」，你光榮，我出口氣。

憋得很，你知不知道？選舉對我們這種人多傷你知不知道？不能講眞話，要講門面話宣傳話狗話屁話四個現代化！懂得怎樣說假話，我們早就投靠國民黨或共產黨了，對不對？

我現在其實很擔心。走這麼一遭，我比以前更受不了國民黨。不過理由不一樣。以前恨他們高壓統治、國家暴力、法西斯，現在恨他們墮落不長進。害得在台灣當反對黨也一樣墮落不長進。

民進黨的人才太少太少了。民進黨有今天不是靠人才，是靠國民黨太爛。前幾天，吃飯的時候，劉姐突然跟我咬耳朵偷偷跟我說：「如果贏了，你應該就是總統府副秘書長了，對不對？」我起了一身雞皮疙瘩。劉姐不是那種現實勢利在意權位的人，她不是。而是她提醒我自己對周圍這些人的評價。這些日子來，我一直壓抑著不讓自己去想。壓得很辛苦，劉姐一句話把壓力鍋蓋給旋鬆了。嗤一聲蒸氣白煙亂亂冒。潘朵拉的盒子打開了，各種魔鬼歡天喜地張牙舞爪跑出來。

我頹然坐在那裡。疙瘩不肯退走，把每一吋皮膚繃得緊緊的。看到一群群縮小了的魔鬼在我眼前囂張地亂跳亂晃。每個頭上都長角，台灣人說的「生毛帶角」。而且手上帶著那種可笑的黑色三叉戟。竄過來竄過去，看準了人家皮膚上的疙瘩一顆一顆刺過去。你知道他們不能怎麼樣，不過就是討厭。

不過我自己也弄不清楚到底什麼才是從盒子裡跑出來的魔鬼。是像魏啦、陳啦他們那些人，還是我鄙夷他們的心情。我眞的鄙夷他們。與台灣社會完全脫節，卻要擺出一副先知的摸樣。我每天每天花費力氣和他們吵架。我現在生命裡最重要、最費力的事，就是和他們吵架。你有沒有發覺，這是一件多麼荒謬的事？我如果吵輸了，就必須聽他們的，忍受他們的羞辱。我吵贏了又怎麼樣？吵贏了才能讓競選眞正上軌道，我們才有機會把許明德送進總統府，順便送魏啊陳啊這一狗票人去作秘書長副秘書長辦公室主任什麼的！

他們存在不被消滅的唯一理由，就是國民黨太爛。阿飛你認識吧？他那天鄭重其事地把我拉到飲水機旁邊，跟我說他考慮要投李登輝。你知道他平日那個吊兒郎當的樣子。爲了怕我以爲他在開玩笑，特別把眉頭皺得這麼緊這麼緊，眉毛擠得隆起來，像他家鄉的海岸山脈一樣，說：「自我有投票權以來，沒有投過國民黨的候選人。要我投國民黨，太難太難了。感情上不能接受。背叛自己。不要說背叛理想罷，至少是背叛習慣吧。可是魏的再這樣搞下去，會逼得我別無選擇。絕對不要讓他們這些人雞犬昇天。」

我差點跟他說：放心好了，我保證他們不會雞犬昇天。話吞了回去沒講出來。這不是保證自己輸嗎？我在幹嘛啊我？

5 The Nature of Love

吳信雄自己知道，他的朋友也知道，他喝起酒來大概有三個不同的階段。程度最淺的時候，他會不斷地訴苦抱怨，把很多本來不該講的話都講出來。而且人家很容易就可以套他的話。不過酒醒之後，這階段裡說的話，他都清楚記得。輕則懊惱後悔，嚴重時可能要花一整天的時間努力控制損害，拚命補救。再多喝一點會到達另一個程度，他還是愛講話，可是會變得比較滑溜狡詐，有時不太能和別人溝通。最重要的是，這段醉話，他會根本不曉得自己講過。任憑別人怎麼記錄、怎麼提醒，他都一貫是「我怎麼可能說這種話」的態度。甚至一次被人家錄音下來，播放給他聽，他也不認爲那是他的聲音。他幾乎對著錄音機講了一百個「他媽的」，爲了要比較證明語氣音調都是不同的。當然，喝到最是爛醉時，他的舌頭會大到把嘴巴塞得滿滿的，再也講不出話來，只好不甘心卻又不得已地昏昏入睡。

不過到底什麼時候從第一階段進入第二階段，什麼時候又可能從第二階段退回第一階段，卻只有吳信雄自己知道。他的朋友只是以爲他們也知道。例如那天在「南方安逸」他講了一段話，別人都當他不會記得的，其實他一邊講胃一邊絞痛。第二天想起來，胃如實地又絞痛了一次，而胃痛的同時，前晚酒店裡的爵士樂也如實地在他心底響起，只是沒有那麼立體，沒有那麼貼近，像是對街人家放的唱片，有時候門打開了就大聲些，門關上了就漏掉一些最高音最低音和微弱些的節奏。

「你有沒有作過一種恐怖的夢？夢見自己身體的一部份突然莫名其妙地消失了？消失了、失蹤了、不見了。沒有疼痛、沒有傷口、沒有理由，突然就消失了，失蹤了、不見了。你不知道要到哪裡去找。這是最奇怪的感覺，完全無從找起，因爲它本來就是你的，怎麼去找？你怎麼去問人家，有沒有看到我的手，有沒有看到它跑哪裡去了？難道你可以跟人家說：啊，如果剛好碰到我的手，麻煩你跟它說我在找它，請它回來一下，不然，至少跟我連絡一下？甚至連要去找這樣的念頭都是不可能的。要去找就表示肯定了它的消失、失蹤、不見是事實，連帶地就承認了原來它不是你不可分割不可分離的一部份。就等於你在主觀上已經放棄了它。

「不能去找，不能放棄它應該是你的不可分割不可分離的部份的主張。可是走出去每個人卻都驚訝地問你：咦，你那隻手到哪裡去了？你只好尷尬地笑一笑，編造一個謊言說：『啊，它躲在口袋裡不肯出來，因爲它今天心情不好。』故意裝作這沒什麼了不起的。好像每個人都應該遭遇過同樣的事……。你作過這樣的夢嗎？

「有一陣子，我每次走出去碰到人，美國人台灣人大陸人香港人，甚至餐廳裡說著不知是什麼口音的蹩腳英語的服務生，他們都很自然地問我：『Janet呢？』Janet呢？是啊，Janet在哪裡？她今天心情不好，躲在家裡不肯出門。她傷風感冒了，沒有辦法來。我們要一起出門的啊，臨出門前突然接到一通電話，她一個朋友好像是被男朋友拋棄了吧，在電話裡難過得死去活來，一時片刻安撫不了，她就揮揮手，叫我自己先出門，她拿著廚房壁上的話筒，隨意地坐在門邊的地上，一個盛裝卻露出赤腳輕鬆姿態的女人，天啊，她那模樣真美。

「每個人都問我：『Janet呢？最近怎麼沒有看到Janet？』沒有一個例外。沒有一個人流露出那種怪怪的、同情的眼光故意不提Janet。她走得真徹底。顯然沒有告訴任何我們認識的人。所以他們每個人都跟我要Janet，讓我都相信我自己一定是把Janet給偷偷藏起來了。

「對啊。我把Janet藏起來了，誰叫你們每個人都那麼喜歡她。我告訴你們發生了什麼事。下午的時候，我和Janet聊天，我說以前我都沒有女朋友，很多人替我著急，也替我擔心。你知道老是有這種人，這種好人。他們相信男人超過三十歲沒有交過女朋友，沒有碰過女人，要嘛就是一個同性戀者，不然就是個性裡有同性戀的種子。如果真的不是同性戀，他們覺得，那還可以努力不要讓種子發芽成長。他們絕對不是歧視同性戀，他們只是體貼地希望我不必經歷同性戀必然要經歷的那些麻煩、痛苦、挫折，以及被歧視的感覺。

「所以他們就會熱心替我安排，所以他們就得要知道我喜歡什麼樣的女孩子。被他們逼急了，我只好形容給他們聽。我沒辦法條列一項項條件，我只能想像這樣一個女人，她跟我互動的一些關係。我希望她能一直讓我感受到那種熱情。不是一個月一個禮拜。我要能沉浸在熱烈愛情的感覺裡至少一年、兩年，不會退化成爲習慣。我會每天都抱著她，鬆開手看她離開我身邊重新變成一個在我之外的個體，都會讓我難過。我要每天都有一種衝動，想要不斷親吻她，親吻她身上每一吋皮膚，而且永遠都覺得不夠。我知道，我深信她愛我，可是我卻願意每天陷溺在『缺愛恐慌症』裡，覺得她的愛永遠也不夠。

「我講了很多很多，幾十倍幾百倍更多更多的理想預期。然後每個和我談過的人，就開始笑我。他們說我的眼光太高、標準太高了。他們說我在作夢。他們希望我只是開開玩笑，提供大家餘興而已，不然我不但不可能找到女朋友，我會連個同性戀者都做不了。即使同性戀也得愛個眞實、有血有肉的人。我會一直都是個孤單的夢遊者。

「我跟Janet說，可是我碰到她之後，這些朋友沒有一個人再提過什麼眼光太高、標準太高的話了。我清楚他們在想什麼。我有時候也會得意地在心裡向他們挑釁：『怎麼樣？還會覺得我眼光太高、不切實際嗎？』Janet比我能想像的還要更好。

「『Janet，妳就是那麼好的人，所以妳到哪裡去都是主角，都是注意力的重心。我則成了最快樂的觀衆。看著大家怎樣的adore you，同時也就看到他們無可遏抑的對我的羨慕與嫉妒。』我這樣跟Janet講。

「我沒想到的是，這樣的表白卻傷了Janet的心，她遠比我想像的還要善良。她不要我覺得自己是觀衆。她不要我因爲她而放棄作主角的權利。她於是堅持有些時候我必須自己出門，自己去和朋友混，她遠比我想像的還要堅決。所以今天她就不跟我一起來了。」

「又有一次，嗯，又有一次Janet去了舊金山，和她那些合唱團的朋友。你們不會不知道Janet多麼會唱歌吧。清晨我送她去機場的，她有點緊張，話比平常說得簡短而且說得慢，她很久沒有去參加合唱團練唱了，他們覺得她疏遠了，所以這次大家一起旅行她非去不可。她開始有點緊張，因爲他們會看到我，然後整個旅程中都會戲謔地逼問她關於我們的種種。」

「『那就告訴他們啊！』我說。

「Janet有點困擾、有點不悅，不過她的困擾與不悅會表現在骨碌碌地轉著的眼珠，所以還是非常可愛。『可是我不喜歡告白私生活，更不喜歡人家拿我的愛情開玩笑。對愛情，我是非常認眞的。』

「我忍不住用暫時毋需換檔的右手摸摸她的左臉頰。『那就不要告訴他們，簡單！』

「Janet還是困惑著，『那樣他們會更覺得我疏遠、不夠意思了。』

「我被她這樣孩子氣的自尋煩惱給逗笑了。我故意也裝一個任性而孩子氣的聲調說：『那還是很簡單啊，我不要出現在他們面前就好了！』

「你猜Janet的反應是什麼？她很認眞很嚴肅地側過身來對著我說：『我不可能這樣委屈你。』

「機場到了。我還是停好了車，跟她進了機場，遠遠就有人喊叫Janet，Janet招呼她。她突然像是下定了多麼重要的決心似地，把小行李包取下來，緊緊抱著我，在我耳邊說：『我不管了。我已經開始想你了。』

「Oh, how much do I love this woman。她去了舊金山，而且要去三天。

「我講了一個又一個故事。你們懂我的意思嗎？故事。重點是這些其實都沒發生，只是爲了解釋Janet不在而講的故事。講這種故事難在哪裡你知道嗎？難在不只要讓別人相信，還要讓自己相信。一邊講一邊鬆一口氣，啊，原來就是這麼回事嘛。啊，原來愛情本來就包括許多許多自我催眠與自我想像建構。可是，可是……會有那麼一刻，突突然然從自我催眠中嚇醒過來，你會再也弄不清楚，在她消失之前的那些記憶，又有多少是眞實的？多少是想像的？」

6 The Nature of Marriage

吳信雄，《選戰日誌》。一九九五年十一月九日。

「洽談佛教團體的支持聲明廣告。和寺主約定八點鐘開會。他們的理由是早課之後最容易讓所有相關的人員都一併到齊。只好搭第一班飛機南下。卻在貴賓室一直等一直等。

「等到八點二十分，知道情況一定不妙。可能是老K們已經下手了。當然也有可能是他們已經拿我們作餌，去釣老K這條大魚上鉤。不過我實在不願意朝這個方向去猜測出家人。

「到了八點五十分，一個和尚進來通知說寺主緊急有事，希望把會議改到下午四點。我直接說不必了。我想堂堂一個反對黨總統候選人不必卑躬屈膝到這種程度。我們有我們的實力。不必了。這些人和地方小政客有什麼兩樣？都是西瓜偎大邊。我們得顯示給他們看我們是大邊才有用。求他們來加入是沒有用的。」

在寺廟的貴賓室裡，吳信雄其實不只說了「不必了。」他說這話時兩邊鼻翼因憤怒而賁張，臉紅得讓他覺得有火爐在兩眼之間的頭顱深處燒著。難怪以前的人發明關於會從鼻子裡噴出火焰來的恐龍的神話。神話都有現實經驗基礎的。

一邊說：「不必了」，吳信雄一邊還把手上拿著的一本小冊子重重地摔在茶几上，重得使小冊子從茶几桌面上彈起來，像隻被放進熱鍋裡的活魚般，劇烈地翻過面，飛落在茶几外的地上。

封底朝上。走出來時，吳信雄有點惋惜著小冊子沒有戲劇性地顯露出封面來。那是他在貴賓室閱讀架的角落意外翻找出來的。封面上粉紅色的大字寫著：「如何過一個正直的基督徒生活？」英文原名則是鮮紅地列在底下："How to live My life as a Righteous Christian?"

在等待中，這樣一本書讓他得到一點點補償的快感。佛寺裡怎麼會有這種書？是惡作劇還是意外？印刷廠同時印佛教和基督教的宣傳善書，所以不小心就弄混？那麼印刷廠老闆要嘛就是全天下最有美德的人，因爲他同時活在兩套美德的教誨裡。要不然就是全天下最貪婪的人，因爲他什麼賺錢的機會都不放過。

或許是基督教徒偷偷摸摸的滲透行爲？一種膽小版的十字軍遠征？深入異教的中心，希望能夠幫助一個人或幾個人尋求解救靈魂之道？或者是和尚們其實偷偷在練習著過一種正直的基督徒生活？

在等待中，最後這個想法讓他忍不住笑了出來，因為這個想法最能報復到這些不守信用，當面給他挫折的和尚們。於是他翻開小冊子，發現裡面有一章標題是「基督徒的婚姻生活」，他覺得更樂了。原來和尚們嚮往的，羨慕的就是基督徒的「正直的」婚姻生活！

在離開的時候，他撕了好幾頁「基督徒的婚姻生活」下來，夾在《選戰日誌》裡帶走。不過至於為什麼要幹這樣的事，他完全不明白，他也沒有問自己，只是從那以後，每次翻開《選戰日誌》，那幾頁文字就會飄在他眼前。

婚姻制度正證明了人的軟弱與愚蠢，一夫一妻制明明是對人類的精神與肉體福祉都是最有利的，可是人卻常常太過愚蠢以至於不能看清楚這項眞理，或者是太過軟弱以至於不能堅持遵循這項眞理，結果給人類自身帶來無窮無盡的煩惱。

還好有神。還好有神對人的慈悲，於是上帝就說，你們到我面前來建立婚誓吧，發誓你們將彼此扶持，至死才離。你們沒辦法信守彼此的諾言，可是你們不敢違背我，違背我的會受到嚴厲的處罰。我處罰，不是為了伸張我的權威，而是為了阻止你們的愚蠢與軟弱。上帝如是對世人說。

忍讓而不是愛情，才是婚姻的核心，付出而不是取得，才是婚姻的享受。婚姻當然會帶來快樂，不過快樂卻不是婚姻最重要的追求。男女相處而擁有純然的快樂，是伊甸園裡才有的。不過既然亞當、夏娃被逐出了伊甸園，既然人類背負了原罪而墮落，那種純粹的快樂就遠在人類企及不了的天邊了，亞當與夏娃的後裔必須經歷許多折磨、必須忍耐許多痛苦，直到審判日的來臨。婚姻是上帝教導人們如何共度難關、減輕折磨與痛苦的方法，這才是婚姻的本質。

7 He Would Have Remembered

在芝加哥當流亡的異議份子時，如果不是因爲日子過得那麼緩慢優閒，如果不是因爲努力想保持胸中的憤怒以便維持自己作爲異議份子的決心，如果不是任何除了政治之外的台灣點點滴滴，都會讓等待革命（或者改革？這是永遠吵不完的話題。也是永遠在流動中無從定案的預測與預期。而且會在完全想像不到的時刻跳出來困擾他，及他周遭的人。他記得有一次，週日下午，芝加哥熊隊輸掉了一場不應該輸的球賽，輸給了他最討厭的紐約巨人隊。他討厭紐約，討厭紐約人自以爲什麼都有的傲慢。在紐約住過三個月之後，他更討厭紐約了，討厭紐約眞的什麼都有。有大得像整個原野的中央公園。有猶太人，有爵士樂。有社會議題。有恐怖衝突。有努力要解決問題的種種地方性運動。還有全國電視網。他討厭熊隊輸給巨人隊。於是在早早就暗下來的冬季黃昏開車上了高速公路，預先跟自己說好在第三十六號出口下交流道。那當然是個他沒去過也沒想像過的地方，然後直覺地右轉，走一條沿著小溪流的公路，北溫帶高聳的扁葉樹慢慢化形成爲一個個靜肅直立的巨人，排隊監視著他的去向。在巨人與巨人間則不時閃耀著奇異的光線，已經沒有天光了的季候下溪流卻還反射出亮得離奇的光，這裡那裡迅速地起起落落，像是在巨人警衛身後，有成千上萬聚擁的群衆正起起落落地張開嘴呼喊口號。熟悉的景致。在電視、電影上看到太多次了的群衆與巨人的拮抗。在他車窗外重現著。令他覺得暈眩。

（開了七哩左右，他把車停在一家路邊的餐廳兼酒吧門口。看起來像是極度平凡的美國餐廳。走進去卻嚇了一跳。有一整片面溪的大玻璃窗，遠比他預期的華麗的景觀。而且竟然是家中國餐館。他一點一點搜集線索推理出來。房子本來是美式餐廳，後來原樣被頂下來。主人夫婦是台灣來的，不過不是新來的。男主人在吧檯用雖有口音卻極度流利的英語和客人聊剛剛結束的球賽。平均每隔十秒就會有人提到紐約一次。女主人特別跟他推薦燒酒雞和五更腸旺。燒酒雞用的是整瓶的伏特加。不過看他只有一個人，女主人自己覺得不好意思，硬生地砍掉了對燒酒雞的介紹，集中推薦五更腸旺。他們的五更腸旺眞是可口。一點都不像是在美國作的菜。

（男主人過來跟他打招呼，帶了兩杯威士忌。後來又弄了兩杯。又弄了兩杯。然後毫無預兆的，關於改革與革命的爭吵就開始了。他恨透了這樣的爭吵。可是全吧檯的人都轉過頭來看他們的爭吵。沒人聽得懂這兩人在講什麼。於是兩個人開始不自覺地使用愈來愈誇張的肢體動作，下意識地爭取旁觀者的認同。慢慢地，動作變得比語言更加重要，也比語言來得激烈許多。他終於感受到這中間的荒謬性，於是他突然用了非常荒謬的邏輯終止了爭吵：「沒什麼好吵的了。有一天我和你一樣擁有一家餐館，講一口流利英語，娶一個又漂亮又會用伏特加煮燒酒雞的老婆，而且，而且……賺夠了錢就可以回台灣去省親探親，順便說說：台北變好多喔！或是：台北都沒變喔！一類的風涼話：我也會贊成台灣應該改革。有一天你和我一樣，和我一樣……」他不斷揮手試圖找到話來說明，卻愈急愈沒話可講：「就是和我一樣的時候，你也會贊成台灣必須有一場建國革命。我們到那一天再吵吧！」

（那一天當然沒有到來。他常常想起他們的五更腸旺。每次想起腸旺的豆瓣香，晚上總是會莫名其妙夢見那位女主人不算年輕，卻姣好而開朗的面容。屢試不爽，他卻再也沒有下過第三十六號交流道。）來臨的日子更加漫長，讓自己的心一發不可收拾地軟化成爲酸酸甜甜黏黏的液體的話，吳信雄應該會記得小時候有一段時候，他曾經立志想要做個音樂家。他應該會記得音樂曾經帶給他的高度快樂，以及他如何第一次透過音樂，認識到父親的另外一面。

在台灣成爲反對黨的選舉策士時，如果不是因爲日子過得那麼匆忙慌亂，如果不是因爲父親的病（那算是病嗎？還是任性？他父親一直說自己的腰子痛，而且堅持是因爲腰子腫起來了。媽媽和妹妹都曾經送他去醫院檢查過，沒查出什麼來。看西醫時父親就抱怨西醫不懂腰子在人體裡的關鍵重要性。他叨唸起當年開始掉頭髮時，都不注意也都不懂，弄得早早就禿頭了，難看得很。後來才知道中醫說禿頭是腰子出問題了，太累或腎虧，當時如果知道大力補腎就好了！可是現在西醫還是鐵齒說禿頭就是自然現象！父親如此地憤憤不平，不過等到看中醫的時候，父親又改而抱怨說中醫沒有精密儀器，檢查不出來他眞正痛的地方。而且中醫那些書他自己就已經讀過了，以前在區公所的時候，連區長都常常來給他把把脈問問意見。

（還不止這樣。每次去看中醫，父親都堅持要看人家的執照，弄得媽媽或妹妹很尷尬。有一次沒看到人家的執照，父親當場不敢說什麼，一出了診所就一直唸人家是密醫。唸了好幾天，唸到後來變成抱怨兒子有跟沒有一樣，讓他去看密醫也不管。可是又有一次，去了有執照的，父親出來之後卻嘲笑說台灣的中醫特考連白癡也考得過。而且都考些老掉牙的東西，大陸進展神速的新技術新藥材，連邊都沒沾到。

（再來父親就堅持一定要他帶，才肯去看醫生。父親的理由是男人的腰子病由女人陪看醫生成何體統，很多話都因爲女人在場而無法說。妹妹鐵著張臉闖進競選總部，講一講臉色轉成紅的，最後說：「他要你當個男人，你就當啊！」說完就落下淚來。他其實不明白這跟當男人有什麼關係。他只好陪父親去，西醫中醫都說沒什麼大礙，尤其看不出腰子有怎樣。而且父親從來沒有跟醫生說過什麼可能令女人尷尬的話。

（後來父親又改口說要他陪看病，是因爲有些話要告訴他，他不應該拒絕。可是父親還是什麼都沒說。他忍不住問了起來：父親咿唔著、尋思著，走過中山堂前廣場時，把他拉過去坐路邊的椅子，從停車場樓梯口傳來一陣陣的尿騷味，他可以想像日復一日的入夜之後有人貪圖方便鑽進往地底下的樓梯後，拉開褲襠撒一泡熱尿，他甚至可以想像寒流來時的冬夜，尿蒸騰起白煙的樣子。他不曉得自己怎麼會去想這些。他覺得不舒服極了。父親突然告訴他：「我現在腰子會壞，就是因爲年輕時候忍耐太多。」父親說生完妹妹之後，每次要那樣，媽媽就喊痛。以前不會痛的，現在卻會痛了。他沒辦法只好忍住。沒有出路啊。怕傷害自己身體，區公所兵役課的職員，整區要去當兵的人，還有他們的爸爸媽媽，全都認識他，能到外面幹什麼，只好用忍的。有時候忍到兩邊太陽穴一鼓一鼓跳動。年輕的女同事還像發現新大陸一樣去宣傳說他的太陽穴會跳動。有人耳朵會動，有人眉毛會動、有人鼻子可以自行搖來搖去，他是太陽穴會亂跳。忍來忍去就忍出「老年腰子病」來了。父親重複說了好幾次「這個老年腰子病」，好似「老年腰子病」是個正式、深奧的醫學名詞，生怕他聽不懂。

（父親接著勸他不要忍。該怎麼樣就怎麼樣。爲了自己好。他聽著啼笑皆非，不知道如何反應。腦子裡那個在樓梯角落撒著熱呼呼的尿的人，始終不肯離去。

（再也看不出毛病來之後，父親改口說想去美國，要去美國作檢驗，美國醫院說沒事才是眞的沒事。大家都勸他不要老番顚，去一趟美國要花多少錢！他最先還跟父親解釋，在美國沒有醫療保險的人是看不起醫生的，帳單會是四位數五位數六位數你根本猜不到。而且化驗佔最大部份。看父親聽不進去，他又轉而安撫說等總統選完了，要去美國還不簡單。有一天父親又打電話來，突然在電話裡說：「你在美國那麼多冬，你攏沒有要帶我去看你以前住的所在……」他忍不住提高音量頂了回去：「我被黑名單鎖在外面回不來，只有你能去我不能回來，可是你都不肯到美國看我一次，一次也不敢，怕自己的兒子怕成那樣！現在跟我講什麼！」晚上，媽媽打電話來說父親把自己鎖在房間裡，沒有出來吃飯。問他怎麼了，只說腰子痛。很痛很痛。可是也不肯出來。父親的腰子又痛了。）吳信雄應該會記得他曾經作過一些幼稚的曲子，卻相信那是世界上最寶貴的資產，小時候。他應該會記得他如此深深感動在自己老去、死去之後，有人會發現這些簡譜，而呼喊他的名字，而稱他為天才。他應該會記得，自己在每一張譜上都簽下年月日，他要讓世界知道這是他多年輕時的作品，他要世界震驚。

一雙直排輪鞋。當然不是吳信雄的尺碼，Janet說要去溜冰時，他想的是冬天的小池塘。說小池塘當然是用美國的標準。如果搬到台灣去，大概就會被叫作湖，而且會在岸邊蓋高高的旅館。湖邊的樹會被清除得乾乾淨淨，露出一顆顆石頭來方便供遊客拿來堆灶烤肉。烤肉把石頭都燒黑了。到處是烤肉網、烤肉刷、烤肉醬的空瓶子、吐司麵包的袋子、燒過或來不及燒的木炭。他離開台灣的時候，大家都喜歡去溪邊河邊湖邊烤肉。他不知道這種習慣改掉沒有。

美國的池塘卻往往只有兩、三戶人家遠遠散居著。到了冬天湖上結冰了就有小孩在上面溜冰。他有一次開車經過，忍不住停下車來，站在湖邊看。男孩在玩冰上曲棍球。技術大概還沒好到像職業冰球球員那樣兇狠地橫衝直撞。結果反而有一種特殊的優雅斯文。一個個小紳士們。另外有幾個女孩就只是溜冰，向後滑，稍稍轉一轉身，或者向前疾馳。沒有什麼特別的，也沒有什麼特殊目的。空氣裡有一種結冰的味道。拉開家裡冰凍庫第千分之一秒會聞到，但立刻就消逝的味道。現在凝結在空氣裡。讓人有一種錯覺，以為自己活在一直過不完的千分之一秒裡。不必伸手去拿要解凍的肉塊，不必辛苦地想辦法餵飽自己，只是為了讓自己可以無意識而順利地度過無數個千分之一秒，慢慢變老。

他想像著自己在湖上溜冰。風一定會更冷。不管怎麼轉彎，都會迎著面撲來，冰點以下的風。他想起足球轉播裡一再會提到的wind chill effect，冰風效果，動不動就相當於華氏零下二十度、三十度、四十度。他想起電視上鏡頭拉進去時，會看到球員們頭盔面罩上掛著呼出來的氣冷凝成形的垂掛冰珠。於是他想到，如果流淚，是不是也會被冰風直接凍在臉上。於是他突然好像看到自己，中年發胖了的身軀踩在利薄的兩片冰刀上，滑過介於白色與透明間，透明白的湖面。看到自己流下淚來，所有的痛苦所有的委屈，終於流下淚來。這麼多年來他不願意去想起哭這件事，因為他討厭眼淚流完了什麼都沒有了的這種消極態度，現在他終於可以哭了，因為他的所有痛苦所有委屈都可以留在臉上，化為形狀完美、色澤晶亮的裝飾品。

那眞會是一種過癮。

當然他不會知道，那時候，他最大的痛苦與委屈其實還沒有來。

一雙直排輪鞋，當然不是吳信雄的尺碼。Janet一直說要溜冰要溜冰，後來就帶了一雙直排輪鞋來。吳信雄第一次看到這樣的東西，被Janet笑作是土包子。

吳信雄知道的池塘當然沒有用了。Janet相信她曾經在附近看到過一個專供人家玩輪鞋的場地，旁邊還有籃球場，一群黑人小孩在練習灌籃。好可怕，看那個臉大概就是十七、八歲吧，跳起來手一張眞的像是大老鷹，讓人家覺得很不協調。Janet調皮靈活的腦袋動起來就不會停了，覺得老鷹應該就是老老的，像美國郵局標誌上那隻，也不是眞的老，就是很成熟、很穩重，很有經驗的樣子。是因爲我們的語言裡叫牠們「老鷹」，所以就自然覺得牠們老嗎？那小老鷹，還沒有長大，還沒有成熟、還沒有穩重的老鷹長什麼樣子呢？牠們，小老鷹，飛起來又是什麼樣子？就像那些跳起來灌籃的黑人小孩嗎？

繞一繞她自己會繞回原點。接下去說那天開車亂繞經過的，忘了確切的位置了。不過她說一定要去找到的。找到了就可以溜冰了。

可是他們一直沒去找。有一個週末，Janet說不管了，就穿上輪鞋在附近走一走吧。天氣熱，她穿著短褲，底下卻配了黑短襪。看起來有點拙，卻又有一種個性。他很驚訝爲什麼會有這樣的女人，她做什麼事都不會冒犯他。他本來是個挑剔的人的。最討厭人家穿短褲穿皮鞋。或穿短褲卻露出深色的非運動襪。或穿涼鞋卻穿深色非運動襪。中學的時候，不管多麼想打籃球，如果找不到白色的長統球襪，他會寧可不出門。賭氣生悶氣，氣爲什麼籃子裡堆積的襪子還沒洗，爲什麼附近的百貨行只賣深色短襪。

他驚訝於自己這麼喜歡這個女人。

Janet的技術其實普通而已，沿路有很多尖叫的機會，他甚至也喜歡她的尖叫。他們經過一片矮樹林，路微微上坡。Janet露出艱苦的模樣。他說那不要走了。Janet不肯，她說這樣才眞的能燒掉一些脂肪。他有些不忍心看平日矯捷靈活的Janet爲了穿輪鞋而上坡的樣子，就一路先走到坡頂去等。

回頭時卻看不見Janet。他衝下坡，又衝上坡。又衝進矮樹林裡。他一直低聲喚著Janet、Janet。樹林裡到處都是樹。每一棵樹後面好像都藏著一個Janet。他根本沒空去想可能發生了什麼事，只是急著繞過一棵又一棵的樹去找樹後面的Janet。繞得他頭暈。因爲每一棵樹隨時都有著他看不到的背面，他繞一繞，繞出了林子，完全搞不清楚方向了。一回頭，卻看見Janet跟在他後面。如果不是看到她把輪鞋拎在手裡了，他會以爲剛剛那陣慌亂根本沒有發生過。他會以爲她一直跟在他後面。「妳到哪裡去了？」

「你自己一直走，也不理我，好像我有沒有跟你一起都沒關係。我就也不想理你了。向回走要回家了。後來看見你鑽進林子裡，我不敢進去找你……」

Janet回答的時候，他竟然就落下淚來。

Janet靠過來摸摸他的臉頰。「對不起。」Janet溫柔地說：「我把你弄哭了。」

一雙直排輪鞋，Janet離開時沒有帶走。

9 And the Band Plays on

台北有一家「藍調」。紐約有一家「藍調」。芝加哥也有一家「藍調」。

芝加哥的「藍調」在一家大飯店的頂樓，夜景非常好，現場演奏的音樂通常也很好。吳信雄以前常常在那裡招待從各路來到芝加哥的人。如果他的信用卡還有餘額可刷的話。

在芝加哥的「藍調」，他通常會和他的客人先談談夜景，再談談爵士樂，然後話題自然而然就轉到台灣政局，或者是關於改革與革命的爭議。

吳信雄印象最深的有兩次例外。第一次在那裡和Janet約會。Janet不喜歡夜景。她不是不喜歡芝加哥這座城市的夜景，她不喜歡「藍調」的夜景，分散了大家對音樂的注意力。爵士是非常有個性，表演性非常強的音樂，就是應該要一屋子的人都很專注、很投入，音樂家才會表演得淋漓盡致，而不是大家只用耳朵聽，卻把眼光向外交給燦爛星空，這樣的氣氛永遠不會對。

那一晚，他們都在談紐約的「藍調」，格林威治村，對的氣氛，有個性的爵士演奏。

一陣酒意襲來，吳信雄不禁閉上眼睛，不料在眼前竟然有另一個Janet的影像，比眞實的更立體更細緻，好像是站在太陽底下，不，好像她自己就是太陽。

他連忙趕快張開眼睛。他從來沒有遇過類似的驚嚇。

還有一次，他招待少時的好友簡志揚。簡志揚既沒有被夜景所感動，更好像從頭到尾都沒有聽見音樂，吳信雄立刻就記起來簡志揚這種好強好勝的個性。簡志揚絕對不會對別人所擁有的東西表示驚訝或羨慕。他更討厭讓自己看起來像個不經世事的土包子，他永遠都要保持一副鎭定、不足爲奇的姿態。高中時代，吳信雄就是被他這種好勝與自信懾服的，甚至還常常希望能模仿他來改造自己相對脆弱的個性。然而十幾年後重逢，吳信雄卻覺得極端的不耐煩。

簡志揚談了好多過去的事。吳信雄邊喝酒一邊勉強敷衍著。第二天酒醒之後，談話的內容統統忘光了，只記得夜景和音樂。那晚的夜景特別好，一層極薄極高的雲映著城市之光，星星圍繞著，像超現實主義的畫，又有高度抽象幾何的趣味。音樂也很美。尤其是Monk's Dream。不是不是，當然不是「和尙夢」，是The lonious Monk一九六三的名曲。鋼琴聲像是在夢遊般滑過來又滑過去。一種夢的感覺卻又讓你誤以爲自己不可能是在做夢。一種音樂讓你懷疑它不可能是音樂，應該就是生命本身的詠歎。

吳信雄只記得望著簡志揚震動快速的薄薄兩片嘴唇，一直想著簡志揚喪失了多少品嚐生活美好享受的機會。加起來一定很可觀。文學、哲學、音樂。還有追求正義與反對不義的快感。然而神秘的是，簡志揚永遠不會意識到自己的損失，你永遠沒辦法讓他後悔：「Gee，芝加哥深夜的雲，還有那些在水晶酒杯間震動跳舞的音符，我的天啊，我怎麼可能錯失掉這些！」不可能。簡志揚就是不會知道自己失去了多少，然而這是不是也意味著吳信雄也是每日每夜、每分每秒其實都在承受著自己無法察覺到的損失？這些損失到底是什麼？

這樣的想法深深地困擾著他。

現在，吳信雄坐在台北的「藍調」，聽著周遭競選總部的工作同仁們，熱烈地討論著政治與愛情的忠貞性的異同。

「有人老是強調『變節』，有人老是喜歡去挖去說誰誰以前是國民黨。難道你愛過一個人，就不應該、沒有資格去愛別人嗎？」

「曾經移情別戀的人，從政的時候是不是就會比較容易改變立場？你覺得因爲柯林頓有很多緋聞紀錄，就懷疑他不可能堅持政策立場，這樣合理嗎？」

「也許應該規定談過一次以上戀愛的人不准選公職。」

「美國政治不就是這樣嗎？一旦被挖出什麼醜聞就沒有機會當選。雖然沒有立法規定，實際結果是一樣的。」

「等等，等等，戀愛和結婚是不一樣的。你可以愛過很多人，可是卻只能結婚一次。比擬到政治上就是你只能作一次競選承諾。選上了就等於和這個政治理念簽了結婚證書。你不能下次搬出一個完全相反的立場出來……」

「你的意思是沒當選的就可以隨便改來改去，看看哪一樣可以騙到選票再定在那一點上？那政治還有什麼原則……。」

「民主不就是這樣嗎？公職只是人民意見的代表，堅持自己的原則就是拋棄選民不是嗎？」

「我只希望婚姻像選舉一樣。每四年或每三年，最好是每兩年每一年，可以重新投票一次。檢查承諾，修正錯誤。」

吳信雄並沒有參與討論，他專心地吃他的炸醬麵。畢竟那是大家決定深夜結夥出門的正式理由。不過，那些想法深深地困擾著他。

突然，對於陳說的「希望婚姻像選舉」，吳信雄開始大笑起來。太突然又太劇烈的反應讓大家都有點尷尬。一時之間安靜了下來。

這樣正好。可以聽點音樂了。吳信雄想。

10 And My Heart Goes On

一張略略發黃的紙。有很明顯很深的摺紋，有些地方甚至把整行字都遮去了，因爲字寫得很小很小又密密麻麻。那是一張A4的影印紙，顯然開始寫時就預計到可能會不太夠寫，所以字只有紅豆般那麼大。後來意識到空間愈來愈少，要寫的還很多，字就更是逐次地縮小到只有螞蟻般的尺寸了。

不過沒關係，被摺痕遮掩了的部份，吳信雄都背得出來。

紙的最上方寫著：「一百個不應該愛Janet的理由」。

1. 她長得太高。
2. 你周圍有很多女人長得比她漂亮。
3. 你周圍有很多女人長得比她漂亮得多。
4. 她會惹你哭。
5. 沒有一個三十幾歲的大男人喜歡被人家惹哭。

6. 她知道你原來很愛哭。

7. 沒有一個三十幾歲的大男人喜歡人家知道他愛哭。

8. 你周圍有很多女人長得比她漂亮得多，而且又對你很好。

9. 她比你小六歲，人家說你們的生肖相沖。

10. 她曾經結過婚。

11. 她曾經結過婚，所以知道你會是個多麼好的丈夫，可是你卻無從想像她會是個怎樣的太太。

12. 她在結婚前還交過其他的男朋友。

13. 她交過那麼多男朋友，所以知道你是個多麼完美的男朋友。可是你卻沒有機會去比較她的長短好壞。

14. 你比她聰明太多。

15. 她比你聰明太多，她知道怎樣利用你的聰明。

16. 她很會嫉妒。

17. 上次她吵著要跟你分手，找盡一切理由挑剔你，就是不肯誠實地告訴你：你搭一個漂亮女人的便車去赴她的約，讓她嫉妒得快要發瘋了。

18. 她老是怕你移情別戀。

19. 你老是怕她會移情別戀。
20. 你老是怕她會回到原來的婚姻裡去。
21. 你很少問起她的過去，因爲你害怕知道她的眞面目。
22. 她會撒些小謊討好你。
23. 她會撒些小謊激怒你。
24. 你不確定她是不是會撒謊掩飾眞面目。
25. 她其實很膽小。
26. 愛情卻讓她大膽莽撞。
27. 她其實很脆弱。
28. 愛情卻逼得她必須堅強。
29. 她老是千方百計想要感動你。
30. 你老是輕易就被感動了。
31. 她常常騙自己說不愛你，不在乎你。
32. 她常常騙你說她不愛你，不在乎你。
33. 她極度沒有耐心，除了對你之外。
34. 你的朋友們對她很有意見。

35. 大家都說她很複雜。

36. 她很會花錢。

37. 她卻很不會賺錢，很不愛賺錢。

38. 你也很不會賺錢，很不愛賺錢。

39. 她很怕你不信任她。不信任她的愛。不信任她對你的愛是唯一的，不信任她對你的愛不會改變。

40. 她最受不了人家不信任她。

41. 可是她沒辦法要求你的信任，因爲在愛情的路上，她已經犯過這麼多錯誤。

42. 你最討厭人家「變節」。你看不起所有曾經從這個陣營倒到那個陣營，從這個立場換到那個立場，一下子支持這個一下子支持那個，有時跟這個好有時又跟那個好的人。

43. 你一定曾經懷疑過她也是那種人。

44. 你一定曾經不信任過她。

45. 她愛開快車。

46. 她開車時脾氣暴躁，甚至會罵髒話。

47. 她開車時脾氣暴躁，甚至會忘記你坐在旁邊。

48. 她有時候故意讓自己開車開得脾氣暴躁，因爲那樣你會輕輕撫摸她後腦勺的頭髮，跟她說：「別急別急，妳不要命我還要命。」

49. 她有時候還故意開得更快更危險，只爲了聽你說：「妳要害我送命我其實也不怎麼在乎，可是我絕對不會允許妳跟自己的生命開玩笑。Slow down, Now!」

50. 她喜歡聽你因爲疼她卻拿她沒辦法時的嘆氣聲。近乎病態地喜歡那樣惹你不高興。

51. 她常常騙你說她很累。或者是頭痛。因爲喜歡你粗大有力的手幫她按摩。

52. 她討厭你工作，你工作時她常常無理取鬧。

53. 她覺得這世界上沒有任何工作，値得你花那麼多的時間。沒有那麼重要的工作。

54. 她覺得這世界上沒有任何其他女人値得你愛。

55. 她常常自我矛盾。

56. 第2條第3條第8條，都和第54條互相矛盾。

57. 你覺得她不喜歡你的朋友，每次要跟你的朋友見面她都很彆扭。

58. 她膽小，怕你和朋友聊天冷落了她。

59. 她自大，怕在你和朋友間的場合裡覺得自己是多餘的。

60. 她嫉妒，怕知道你跟你的朋友，尤其是女性朋友那麼好。

61. 她自卑，怕見了你的朋友，他們會偷偷跟你講她的壞話。

62. 她討厭自己膽小、自大、嫉妒、自卑，所以討厭你的朋友。雖然每次你的朋友其實都對她很好，她也很高興，可是下次卻又開始重複那種膽小、自大、嫉妒、自卑的彆扭。

63. 她不喜歡倒垃圾。

64. 她也不喜歡你去倒垃圾，她會覺得自己有義務應該去倒垃圾。

65. 可是垃圾畢竟還是非倒不可。

66. 她不喜歡打掃家裡。

67. 她更不喜歡你打掃家裡，因爲她就會被迫幫忙，她就不能跟你一起賴在床上，她就不能看電視，她就不能拖你出去看電影。

68. 可是家裡久不打掃就永遠掃不清潔。永遠都亂亂的。

69. 她老是吵你看電影。她把你的手抓住，想起來就在黑暗裡亂舔亂咬，有時候還會在關鍵正緊張的時刻，突然擁過來吻你的臉頰。

70. 她看電影時老是要戴大黑框眼鏡。卻又以爲自己還是戴隱形眼鏡。所以擁過來眼鏡老是打到你。痛。

71. 你總是懷疑她到底有沒有在看電影。可是散場之後，她又講得頭頭是道，甚至還能找出剪接上半秒的錯誤。

72. 你常常覺得她在吹牛臭彈，可是只要她自己不拆穿，你都搞不清什麼是眞什麼是假。

73. 她講話常常太誇張。太誇張稱讚一部電影一本書或一個人。

74. 她講話常常太誇張。太誇張討厭一場球賽一個政策或一個人。

75. 她講話常常太誇張。太誇張引用不確實的權威資料。有時候被你逮住了，她就嘻皮笑臉假裝是逗你的。

76. 她其實很會賴皮。她老是說以後要嫁姓賴的。甚至還強迫你要改姓賴。

77. 她眞的想嫁你。

78. 她眞的想嫁妳。用任何方法把你綁住，或用任何方法被你綁住。這是最嚴重最嚴重的問題。這是絕對不能愛她的最大理由。

79. 其他的，從這裡到100，其實都不重要了。

吳信雄每次讀到這張紙，就逐條逐條和想像中的Janet辯論。是這樣不是這樣。是那樣不是那樣。於是就好像Janet沒有離開似的，不過他會小心不去翻到第77條以後的部分，那是他無法辯論的。

11 And My Heart Goes On and On

吳信雄記得那年翻牆回台灣來。在台南藏了三個多月，進藥房去買止痛藥時，被埋伏的警總人員抓到了。還好當晚朋友們就察覺不對，把消息放到報社去。一家報禁解除後才新辦的早報大剌剌地拿來作頭版頭條。

大概因爲這樣的緣故，被約談時待遇其實還好。疲勞審訊還是免不了。不過偵訊室裡故意不掛鐘，偵查員也都故意頻頻看錶卻不讓他偷看到他們錶上的指針或液晶數字。弄到後來他就算看到了，也會怕是他們的陷阱，故意不去相信。完全弄不清楚被問了多久。

其他還好。沒有被打，連強烈的照明燈都沒有。還允許他穿著原本的衣服，只搜走了手錶和皮夾裡的身分證。一張他小學六年級時領到的身分證。應該早就無效了。他早沒有戶籍、沒了身分，要不然也不必翻牆了，他們還是收走了。

審訊眞的很疲憊。他們就是要你覺得累。累到講錯話，累到同樣的問題會出現不同的、參差的答案。然後他們就會露出滿意而又邪惡的笑容。

每當他們換班或要他「好好想想」的空檔，吳信雄就從口袋裡掏出「一百個不應該愛Jane的理由」，看一段讓自己提神。

他們當然知道他在看什麼。他們檢查過了。他們考慮過要把那張紙收走。然而，奇蹟般地，他們決定讓他看看情人留下來的紀念物也沒什麼關係。

那一刻，吳信雄就相信了自己一定會奇蹟般地自由走出拘留所的大門。

12 Ritual of Passage

一九九五年十月，黨內初選剛結束。在一次原本以爲只是行禮如儀、後來卻引發激烈爭執的檢討會中，吳信雄不能忍受魏對於他手下組員工作效果的質疑，憤而拍桌大喊：「我宣佈就此辭去與選舉有關一切職務，讓能幹會說風涼話挖苦話屁話醜話的人去幹！」

講完之後，吳信雄激動地起身離席，結果會議室裡擠了太多人，連走道上都擺了從外面拉進來的椅子，大家來不及挪開，吳信雄不小心就絆了一跤。

回家之後，吳信雄愈想愈氣，決定寫一封辭職信，信上標題寫著「一百個不應該參與政治的理由」。

1. 孫文說：「政治是衆人的事。」我爸爸說：「政治是別人的事。」我爸爸是對的。
2. 艾克頓爵士說：「權力使人腐化。絕對的權力絕對使人腐化，」他卻沒有說，其實只有懂得如何腐化自己、適應既有的權力環境的人，才眞正能夠取得權力。
3. 艾克頓爵士說：「權力使人腐化，絕對的權力絕對使人腐化。」他卻不知道，其實光是想像權力，光是在追求權力的過程，人就已經開始腐化了。

4. 因爲我到現在走在街上，抬頭凝視台北的夜空都會想哭。

5. 是誰說的：「巴黎不會帶給人快樂，但卻會讓你在巴黎以外的地方都再也得不到快樂。」我對台北有完全相同的感覺，我在芝加哥極度不快樂。不快樂。不快樂。不快樂。這是余光中的詩，〈敲打樂〉，「國殤日過了依然不快樂。不快樂。不快樂。」

6. 這應該列爲另一個理由。我還繼續在讀詩。詩和政治不能混和。Poetry and Politics don't mix。就像油和水不能混和，本性如此。

7. 也許是詩和政治不應該混和。Don't mix Poetry and Politics，正如同Don't mix drinking and driving一樣。酒使人迷醉瘋狂，所以酒後不能開車。詩同樣使人迷醉瘋狂，同樣使人喪失清楚的判斷力，所以詩後不能玩政治。所有從政的詩人都是恐怖份子，他們的迷醉瘋狂、他們的浪漫衝動，老是在政治上製造出恐怖氣氛來。

8. 當然，會去從政的都是失敗、挫折的詩人，失敗與挫折讓他們更加狂野。毀了詩，也毀了政治。

9. 我在芝加哥極度不快樂，我就想那是因爲我不在台北。政治使我回不了台北。以是我極度怨恨政治。

10. 可是放棄政治並不會讓政治放棄我。它會繼續監視我、騷擾我。只有另一種政治才有辦法對抗這一種政治。政治變成我返回台北唯一的希望，我討厭這樣的無奈，我討厭政治。

11. 回到台北我還是不快樂。天空那麼灰暗。沒有任何東西是神聖的。沒有任何角落是寧靜的。每一個聲音都是粗俗而冒瀆的，對於記憶的冒瀆。我甚至看不到月亮。更不要說星星了。只有取得權力才能重建心目中眞正的台北。你要一個台北嗎？來吧，來投靠權力吧。我不要投靠權力。那你就必須去搶奪權力囉。我厭惡搶奪。可是你不得不。

12. 我永遠無法享受政治。政治一直都是不得不。

13. 我無法掩蔽對能夠享受政治的人的不信任。

14. 我無法掩蔽對熱中政治的人的輕蔑。

15. 我無法掩藏對我自己的不信任與輕蔑。

16. 我無法接受我所輕蔑的人提出來的批評意見。

17. 我不是一個 team player。沒有聽說過幾個詩人組成一隊來完成一首偉大的詩的。可是政治就不是詩。政治沒有那麼偉大。

18. 我堅持風格。我堅持我自己的政治風格。

19. 我像個詩人般瘋狂地衛護我自己的政治風格，拒絕改變。

20. 可是政治就是要改變。不斷改變，見人說人話，見鬼說鬼話只是最基本的能力。

21. 我見到誰都想說鬼話。或許那才是人話，可是在政治圈裡聽起來就像鬼話。

22. 我說我們要讓競選過程變成一個重要的文化事件。結合文化界的力量與選舉資源來有格調地熱鬧一下。

23. 我說我們要提昇競選過程變成一場思想大辯論。這麼重要的選舉大家都應該找到最有深度、最有能力的幕僚，大張旗鼓擘劃台灣未來的圖象。然後藉著選舉把全台灣的人都捲進來一起關心一起討論。

24. 我說用做社會運動的精神來推動選舉，競選不應該只是一個純粹要追求當選的手段。如果那樣就不值得投注那麼多的人力與資源了，不是嗎？有沒有想過，那是上億的資源呢！它本身難道不應該具有某些直接的社會改革效果嗎？我們要藉機炒熱環保議題、弱勢團體議題、社會安全保障議題，而且做出成績來。

25. 我說我們要利用機會滲透媒體。從來不曾有過的機會。我們是最大反對黨的候選人，我們有一定的籌碼可以讓媒體注意到我們要注意的事。我們第一次有機會眞正接觸第一線的媒體工作者，我們要講故事感動他們，我們要推銷理想得到他們內在熱情的響應，我們要暴露眞相激怒他們，我們要引誘他們跟我們一起「看望台灣的未來」，我們要餵他們進步思想去轉寫在媒體上……

26. 我說我們要機動要多元化要活潑要接近年輕人。

27. 關於第22條，他們說文化界其實都是反台獨的外省人。

28. 報關於第23條，他們說鄉下會動員不起來。他們說鄉下人只要簡單的口號，不要囉哩囉嗦講那麼多。

29. 關於第24條，他們說募款不易，非直接必要的活動不要亂辦。

30. 關於第25條，他們說不可能的。就是不可能。不要跟記者講那麼多。講那麼多見報的還是只有三百字，浪費時間。

31. 關於第26條，他們說，我們自己都很年輕啊。哈哈哈。哈哈哈哈哈哈哈。

32. 我永遠學不會裝出眞誠的笑容，當我不眞誠的時候，我的笑聲裡就必然充滿了諷刺的意味。

寫到這裡，電話鈴響起了。吳信雄立刻抓起了話筒，是許明德。許明德教他不要把白天會議上的事放在心上。「大家兄弟歹，嚷嚷咧就算了，知末？」

他和許明德講了約莫十分鐘的電話。一邊講，一邊就順手把桌上的紙筆收進了抽屜裡。

13 Nobody Really Cares

競選聲明

……將全力推動台灣主權的現代化與合理化。主權原本屬於每個台灣住民，然而卻在過去半世紀的威權統治下，被統治者所竊據，形成不當的主奴關係，本應爲主者竟反降爲奴，長期以來，人民聞權色變。因爲他們總認爲權力屬於官員，自己只能被權力所統馭。我們希望藉著總統民選，讓人民有機會以選票來結束這種不正常的威權體制，重新肯定自己爲主人，國家與政治都應該爲全體台灣住民服務的正確主權關係。

……深信台灣早已爲一獨立於中華人民共和國的主權國家。我們不會也不需要再次宣布獨立。但是我們會而且也需要讓國際社會明瞭我們的主權地位，我們會而且也需要積極參與國際組織，畢竟一個擁有兩千一百萬人口、世界第十一大貿易規模的主權國家，在國際上全無地位，是一件荒謬的事。我們最終的目標，是透過國際社會的中介，給予中華人民共和國足夠的壓力，願意在平等的主權互相承認基礎上，建立密切繁榮的經濟文化社會關係。

一封沒有寄出去的告白信

……不論我平常怎麼說、怎麼辯解，其實從頭以來，我都完全清楚完全明瞭，我們的婚姻的問題，根本不是妳的錯。我常常預期有一天，妳會忍不住對我大吼說：「太不公平了！」眞的太不公平了，對妳。

事實上，我常常夢見妳大吼說：「太不公平了！」我夢見聽到妳的吼叫而有各種不同的反應。一種反應是囁嚅地同意妳：「是啊，眞的太不公平了。」一種反應是憤怒地頂回去說：「這樣的婚姻對誰公平了？」一種反應是什麼都沒說就默默地推開門走掉。一種反應是，這是最奇怪的，走過去抱著妳，說：「別生氣別生氣，來來來，跟我作愛好不好？」

夢見最奇怪的反應那時，其實我們已經快一年沒有親密動作了。可是我卻夢見自己壓伏在妳身上吻妳，把手伸進妳的上衣裡，摸到妳的胸部，在胸罩上來回逡巡，卻怎麼樣也找不著那應有的隙縫可以讓手指直接碰觸妳的乳頭。甚至也找不到胸罩的扣搭。後面沒有，前面也沒有，然後我就這樣醒來了。

醒來之後，我仰臥盯視著空無一物的天花板。天花板上也許有印漬、也許有蜘蛛網、也許有裂痕，但我沒載眼鏡時，它就是空無一物。我試圖要分析自己的夢。那麼明晰、又那麼直接地與性有關，應該是很適合佛洛伊德各種理論的。年輕的時候，我曾經生吞活剝過許多佛洛伊德的書。讀不太通順的中文譯本，或用拙劣的英文程度讀原文書，我也不知道哪樣可能比較好些。綜合起來的效果是這裡那裡一段一段突然讀懂，突然有所領會的句子，可是拼湊不起一整個理論來，很像是翻閱電器用品的使用手冊。

我試圖回想哪一本書的哪一段，可能有助於分析自己的夢。然而我愈是努力追索佛洛伊德，妳的吼叫聲：「太不公平了！」就愈是清楚地在我耳邊響著。妳不覺得人類的意識構造多麼神奇嗎？妳從來不曾眞正這樣吼叫過。妳永遠都那麼溫和，沉靜而且善良。即使妳不高興時，妳也都是溫和，沉靜而且善良的。可是我卻清清楚楚聽到妳的怒吼，而且十分確定每一個音都具有妳的特質。百分之百的妳。只有妳才可能叫出的聲音。而且如果有一天妳叫出來，也必定只能是這樣的聲音，雖然妳很可能一輩子都不會這樣吼叫。

對不起，我本來打算寫一封眞誠的告白信的。我不知道我扯了這些幹什麼。也許我還沒準備好要那麼眞誠地告白吧？……是這樣嗎？……

14 Tea and Sympathy

這次吳信雄和簡志揚在一家西式的茶店裡見面。台北現在有愈來愈多這種完全沒有中文的招牌。Canterbury Tea House，非常英國的名字。整間屋子以獵人綠爲主調，大樓的一樓有著難得挑高到四米多的天花板，夠用來製造出英國鄉村豪舍的氣氛，不過他們還是賣Expresso及Cappucino，在茶之外。

簡志揚故意很親熱地叫他「老同窗」，當然是用閩南語。

「老同窗，」握手落座時，簡志揚就說：「我很同情你，我眞的很同情你的處境。」

吳信雄勉強擠出客氣的笑容，講了他們會面中他的第一句，卻也是最後一句話：「我不覺得我的處境有什麼値得同情的地方。」

然後就都是簡志揚的獨白。

「該怎麼說呢？人生其實就是這樣，以前隨隨便便發生的事，過去就過去了，我們誰也不太會留意，可是有時候隨隨便便偶然意外的東西，莫名其妙就變成你生命中的某種根深柢固的習慣；有時候隨隨便便偶然意外的東西，莫名其妙在後來突然冒出來，變成了大財富，或許是，」簡志揚刻意強調地吞了口口水，「大災難。」

吳信雄完全不知道簡志揚在說些什麼，而且簡志揚講話的速度太快，他的反應不怎麼跟得上。簡志揚只停頓了半秒鐘，顯然很滿意地確認了他的迷惘，就接下去講：

「像說我小時候，小學的時候，有一次聽班上一個同學在跟另外一個同學說他爸爸告訴他說在報紙上讀到外電報導說有一個實驗室做了一個實驗，發現大便之後擦屁股時，要用十三層的衛生紙才能夠有效地隔離細菌不會沾到手上。我這樣講不是要讓你搞不清楚，是故意要讓你明瞭，這種事情有多麼偶然，一個實驗、外電報導、報紙、那個人的爸爸、那個人，隔了多少層關係。而且他甚至不是在對我說話！我只是下課時候要去尿尿的路上湊巧經過他們的座位附近聽到了，就是這樣。

「可是我就很納悶。用十三張衛生紙，那有多奢侈啊，怎麼可能？我們家用的那種三環牌衛生紙，是一刀一刀賣的，換句話說一包才一百張，我如果一次用十三張，保證會被我爸爸打死。我納悶、我迷惑、我無法專心上課，還好我夠聰明，下一堂下課前就想出來了，沒有為了這樣一個stupid question毀掉得市長獎的機會，哈哈哈。

「我想出來了，我們用衛生紙的時候其實不是整張用的，把它對摺再對摺，然後才拿去擦屁股的，對不對？所以一張其實就有四層對不對？所以我本來都用兩張，只有八層，不符科學結果，那天回家以後我就立刻改用四張。」

「很好笑的是，後來開始有了捲筒式的衛生紙。你怎麼決定捲筒式衛生紙一次要用多少？……我第一次用就毫不遲疑地開始算，想都沒有想，一、二、三、四、五六七八九十十一十二十三。十三張。Perfect！這變成我一生不會改變的習慣。多一張還無所謂，少一張就會讓我極度地不舒服。覺得好像自己手上沾滿了細菌，不，好像沾滿了屎一樣，拚命洗拚命洗。

「你看看你看看，怎麼會有這種事。……我眞的很同情你的處境，不然也不會約你出來了。選舉還有兩個多月，可是已經沒有人相信你們會贏了。可是你們還不能放棄，最大反對黨當然不能放棄，這是黨的面子問題，對不對？所以你們這些人還得每天風塵僕僕，煞有介事地發聲明發新聞稿，接受記者採訪上電視接受扣應，我不曉得你會不會覺得很累，很浪費生命。這種處境我很同情。其實我們都很同情，我們這邊的人，因爲我們也很累也很無聊。一點都不好玩，勝負已定了嘛。我們是老同學了，我想這樣說眞心話你不會在意，大家都不是那麼小氣的人，對不對？

「他們的伯爵茶非常好，眞正的錫蘭種在英國種，在英國烘焙的。香味是內涵在茶裡面，而不是浮在熱水上。聞起來淡淡的，要喝進去才冒出來：非常好！這裡的小姐們都認識我，我每次來都會帶幾包茶葉回去，在辦公室當獎勵品。不過我都得警告我的Staff，喝茶享受歸享受，競選可不能像這茶這樣。競選是最香最辣的都要放在最上層，你不能等人家來吞來嚐。

「……老同窗，你最近上太多電視了，對你不好。我可以同情這絕對不是你要的，絕對不是你愛出鋒頭，是不得已的。我很同情，你們總共就那麼多人，不像我們，我們主席都親自稱讚過我口才好、反應很快，很適合去對付人家的扣應部隊，我都還輪不到上電視。沒辦法，那是大官們習慣以前的三台環境，覺得上電視是多麼光榮的事，再不擅於表達也要去，沒辦法。

「不過你眞的上電視上太多了，對你不好。而且是一些你自己可能沒有想像到的壞處……有一個人你可能不記得了，我相信那只是你生命中很偶然的一件小事。其實我也不知道她的本名，只知道英文名叫Janet，珍娜。你大概不記得了。可是她老公從電視上認出你來。他說你這種人誘拐過別人的老婆，憑什麼攻擊總統的品格！他說你把他太太騙得團團轉，還好意思批評我們國家元首說謊。大概是這類的話。

「他說他手上有證據，很壞的證據，對你很壞的證據。他說你破壞了他的婚姻，而且他不是唯一的受害者。他說你以睡人家的老婆爲樂，對不起，這是他的用辭。

「我很同情你的處境。尤其是你們許先生過去的情史已經被媒體炒到這種程度了。老同窗，我講幾句老實話，你不要生氣。我一直都覺得你們這種人最不適合搞政治，卻偏偏最愛搞政治。你們以前流亡在外面，不得意的苦日子太久了。而且太閒了。又苦悶又閒得發慌的男人能做什麼，會做什麼，我們都太清楚對不對？這不是你們的錯，可是你們注定會有太複雜的男女關係，不是現在，是歷史。可是歷史會報復現在，人們無法忘掉歷史，無法不從歷史來判斷現在，這不正是你們在談『二二八』的時候一再一再又一再講的嗎？你們的歷史，這是你們不該搞政治最大的理由。

「我很同情你的處境。我會盡量幫你擋著些，作為一個老同學老朋友嘛。不過，老同學老朋友，你也應該幫我個忙，清醒清醒，這場比賽眞的勝負已定了。不要再拿我們主席當對手了。幫幫忙，這樣攻擊我們主席沒有意思，你有別的對手嘛，有別的話題可以說嘛。幫幫忙吧。我們互相幫忙，老同學。」

15 Lost and Found

吳信雄突然想起來，自己一定曾經在飛機上遺落過東西。飛機才剛起飛，許明德就睡著了。吳信雄記得以前曾和許明德交換過旅行的經驗。吳信雄討厭旅行，許明德酷愛旅行，可是他們討厭和酷愛的理由竟然是同一個。兩個人都沒辦法在飛機上睡覺。吳信雄覺得疲憊不堪，許明德卻是因此而可以有完整不受打擾的時間，可以思考他的政治戰略。

也許正因爲這樣，許明德才能作個總統級的政治人物。

可是現在許明德卻總是在飛機上沉睡：吳信雄忍不住問他爲什麼會有那麼大的改變，許明德一邊伸懶腰一邊說：「因爲以前航空公司不會老是主動幫我等到進商務艙或頭等艙，因爲以前從來沒有那麼累過。累死了。」

「這樣也好，可以多休息。」

許明德卻不同意，「一點都不好。我連最後可以思考的時間都沒有了。我討厭這樣的休息。我變得愈來愈笨。什麼想法都沒有了。就是想趕快選完。也許你還比我適合作候選人。」

其實沒有人適合作總統候選人。這幾個人當中也許有適合作總統的，可是競選進行到這個階段，吳信雄很確信這個世界上沒有人生來就適合作總統候選人的。甚至也沒有人能夠被訓練到適合作總統候選人。就像你沒辦法要求一條魚陪你散步一樣。到這個階段，每個候選人，在吳信雄眼裡，都像是一隻隻被迫離開了水族箱，在街上散步的魚。

他看見電視上訪問林洋港和郝柏村。主持人輪流丟題目給他們。一個人回答時，另一個就忍不住要打盹。可是又怕鏡頭掃到，只好拚命地微張著嘴猛力呼吸。猛力呼吸。在街上散步的魚。

他已經很久都不敢看電視上的許明德了。不過他不敢告訴許明德。他交代林愛群留心看，看許明德的領帶有沒有歪，有沒有在鏡頭前面揉眼睛，有沒有把完全不重要的話無意識地重複，有沒有忘記看主持人還是忘記看鏡頭，有沒有忘記偶爾微笑一下，有沒有裝出專注聽扣應電話的表情，有沒有把頭擺正，有沒有讓眼鏡滑落下來，有沒有不小心流露出無助的表情偷看鏡頭外陪他去的幕僚……他不再陪許明德去上電視，競選進行到這個階段了。他也不會告訴許明德在街上散步的魚，因爲競選已經進行到這個階段了。

可是他還是睡不著，不只在飛機上，也在所有移動中的交通工具裡。睡不著的時候他就想，這一輩子只有在Janet開的車裡，他曾經睡著過。有一次到東岸，去紐約。Janet開車其實不是很穩，在高速公路上她習慣間歇性地猛踩猛放油門。不過那就是習慣。在她臉上沒有任何緊張或壓力的感覺。他喜歡看她臉上有一種沉靜的光芒。Janet開車時話講得很少。表情有點像是睡著了，除了眼睛大大張著之外。

他從來不知道有人睡姿那麼規矩。和她醒著時的活潑快樂，完全兩回事。不管剛入睡時是側著或趴著，過一陣子一定會轉成正面仰睡。嘴角帶著似有似無的微笑。像宋朝以後極度女性化卻又極度莊重的木雕佛像。

她開車的時候，佛像般的表情會回到臉上。吳信雄想起從前吹小喇叭，深夜裡在空無一人的廟埕上嘗試自己的新曲調。吹到高音仰起頭來看到晶明的月亮，節拍激烈興奮搖擺起來時，則看到堂裡的佛在他的左右。

她分出右手來握他的左手。學他的。他說他剛開始都是開手排檔的車，養成習慣只用左手握方向盤，右手得隨時準備要換檔。現在開自排車，右手就變得沒有用了，忍不住就要去碰碰坐在右邊的她。開手排車其實連左腳也閒著，如果可能的話他恨不得讓左腳也靠到她那邊去。

當然不可能。不過Janet被他逗笑了。他多麼喜歡逗她笑。換Janet開車時，她也用右手握他的左手。他突然覺得好安全。至少那一刻，他可以無賴地不必替自己負什麼責任，全交給Janet就好了，是Janet牽著他在走，在街上，不，在湖邊散步。

於是他就睡著了。一直到被驟雨打在車頂上的巨響吵醒。天幾乎都黑了。更糟的是，車子的雨刷早就壞了。Janet將車緩緩開在路肩上，他有點慌了，可是Janet沒有。她甚至沒有把右手鬆開。他對Janet說：「沒關係、沒關係。」爲了要引Janet對他說：「沒關係、沒關係。」

他就相信一定不會有關係。他第一次瞭解到可以如此盲目地相信另外一個人。車子慢慢滑下了交流道，找到了附有修車廠的加油站，可是就在要開進車廠時，大雨中Janet沒看見旁邊的柱子，車子右側深深地刮了一大道傷痕。

他緊緊抱住Janet，高興地說：「You made it! You made it!」他如此高興，最後的小意外對他來說，簡直是個好玩的插曲。他仍然覺得如此安全。和這個女人在一起，讓他隨時都可以再沉沉地睡著。不管發生什麼事。

現在，他睡不著。想起Janet只會使他更睡不著。他只好用各種方式打發在飛機上的時間。所以他座位前面的袋子裡往往塞了許多東西。書、記事簿、筆記本、筆、雜誌、文件夾、眼鏡、綠油精、零食、計算機、掌上型電動玩具。

所以他想起來，自己一定曾經在飛機上遺落過東西。就這樣放在座位前面的口袋裡忘了帶下飛機。然後就再也找不到了。雖然東西很可能被留在航空公司「失物招領」那邊，過了一星期一個月一年，都沒人去領。因爲他根本不知道自己曾經遺失什麼，也就不會要去找回來。

他決定仔細想想看，到底可能遺失過什麼，他努力想像著失物招領的架上，可能躺著什麼東西他會覺得熟悉，能夠辨認的。想了兩分鐘，他驚慌地將自己的雙眼摀上，不是怕看到什麼，而是怕淚水失態地湧冒出來。

他看見Janet。他無法去認領的失物。

16 Jetlag

長程飛行給他特殊的感官混亂，時差加上失眠。他會覺得自己一直在空中，儘管腳已經踩在地上，卻缺乏眞實感。他會拚命地想要下來，下來，下到一個他可以觸到硬地的位置。他正式結束在芝加哥的所有事務，回到台灣來那天，黨內初選進行到台南。經過兩星期的假期，他覺得自己有義務盡早回到許明德身邊。他搭了巴士從桃園到台北，將行李留在松山機場，立刻排補位飛台南。

到台南時，已經晚上九點鐘了，他沒有趕去會場，就留在旅館裡。七樓的房間，從窗口望出去，柏油的地面彷彿在飄浮。他很想去夜市，因爲在油與汗與煙與人擠人中，最容易回復現實感。尤其是夜市裡人們臉上的慾望，食慾物質慾賺錢的慾望以及逛完夜市回家後在房間裡將要解放的慾望，最實在也最平凡。飛行那麼久後，他所需要的就是實在與平凡。

可是他沒有機會先去夜市，於是接下來發生的一切都好像在失重的狀態下浮沉的。先是許明德和一大群人面色凝重地回到旅館，有些是競選辦公室的人，他當然認識，還有其他是地方的士紳或政治人物，他就無從一一知道了。

陳告訴他這場初選中輸了兩百六十票。本來以爲應該會大贏的。大家坐在許明德的房間裡，滿滿一屋子，七嘴八舌。對方動員了多少遊覽車，場子裡應該有多少人。誰誰誰支持對方、誰誰誰沒有表態。地方報紙故意不出消息，讓自主選民不知道要來。主持人故意不公平，對方可惡又在台上撒謊。不應該是這樣的票數，黨工私下都說許明德這邊今天很旺，全國性的報紙也說台南這場看好許明德。

誰誰誰的工廠就在會場邊，明明講好整廠會來的，到底看到人來了沒。來了來了，一大堆一大堆來了啊。到底有多少人，自主票又應該有多少。還有市議員誰誰也動員了啊，誰誰誰不就在這裡。當然動了啊，大家都看到我帶了人來了，計程車公會送我們來的。誰誰誰和計程車熟的，不是也在這裡。計程車我去講的，沒錯啊，都來了啊。該來的都來了，很多車滿滿坐四個人，周圍很多計程車的確都插我們的旗子，我繞了好幾圈，沒有看到有他們的車。

叫服務生送熱茶來。許明德突然說。立刻有人起身打電話，其他人繼續說下去。他們的都是遊覽車，算得出來，總共就是那麼多，有沒有去算？我算是三十幾輛。三十幾？大概三十三、三十四。不止啦。有停到體育場那邊去的你算了沒？至少有五十輛，每輛坐四十五人就兩千多了。他們動員沒那麼有效率啦，我看到有些車只坐了二十幾個人。所以他們的票本來就都是動員來的，沒什麼自主票。

別管別人有多少票、票怎麼來的。許明德又突然說話了。我們的票，重點是我們的票，知道嗎？我們的票爲什麼那麼少？爲什麼輕重都分不清楚？爲什麼？

一屋子靜默。吳信雄把陳告訴他的票數寫在旅館提供的便條紙上。第一次發現自己寫的數字尾巴如此活躍。好像化身作一條條狗一邊吠一邊作勢要衝出來。不，像是要衝向便條紙上方那些正經八百的印刷字。汪汪汪。汪汪汪。不要叫了，先不要叫，讓我想一下。

下午是誰報告動員數字的？……是我。你那時候說多少？……三千五百左右，而且還沒算計程車那邊對不對？你說不知道計程車司機會不會自己多載親戚朋友對不對？今天會場有特別冷清嗎？可是明明我們只有兩千七百票。就算動員部份打八折都不只這樣。會連一張自主票都沒有？……在台南會沒有一張自主票，那還選什麼？……到底是爲什麼？

許明德把眼鏡摘下來用力揉眼睛。

不過我們總票數還是領先很多，橫直是會贏的……不用煩勞啦，一定會贏啦。小地方出一點意外沒要緊。大哥你這樣說就不對啦，什麼小地方，我們這裡不是小地方。我的意思是我們的主要票倉、主戰場不在這裡嘛……。

我再說一次，你們聽清楚。許明德語氣裡明白地不耐煩了。要贏選舉，我們只有靠自主票。對方打動員戰，我們打不贏。回到他的大本營他可以動員多少，你們猜得到、算得出來嗎？他不會把整個鄉、整個鎮用遊覽車帶到會場來投票？我告訴你，他會。一個鄉一個鎮有多少合格選民？幾萬幾十萬！沒有自主票就不用玩了！我再說一次，這眞嚴重，我要知道今天自主票到底跑到哪裡去了……

作弊作掉了。有人說話。信雄你說什麼？許明德問，吳信雄才發現是自己在說話。那些狗還在他眼前跳。我說會不會作弊，會不會票箱有問題。照剛剛講的，我們應該有四千五百票，至少，他們應該只有一千多票。我們本來就會大贏的。可是，可是總數對，票的分配卻天差地別。顯然有些我們的票莫名其妙、神秘地跑過去了……

不可能啦，要怎樣作弊？我們的人都在那裡，開票取票櫃誰誰不是都跟著嗎？

吳信雄感覺到強烈的厭煩。他討厭魏老是用這種口氣否定他的想法。像那些狗不停地對他吠叫。沒有事情是不可能的。這世界，台灣這個自己製造，在台灣製造的世界，沒有事情是不可能的。黑名單可不可能？多少人否認有黑名單。可是就是有人回不來。還有一些人明明回得來台灣，也常常回台灣，卻在海外宣傳自己是頭號黑名單，這種事情都可能了……

信雄，你在唸什麼？許明德深深皺著眉頭。我說沒有事情是不可能的。投票機會不會出問題？

太可笑了，投票機是陳仔參與設計、製造的，用銅幣，兩個洞，要投誰就丟進哪個洞，這也是陳仔想出來的，不是嗎？

是啦，不可能啦。投票機眞簡單，不會出問題啦。你怎麼想到那裡去？

你們這些狗，不要再吠了。不然要怎麼解釋你們這些不斷搖尾巴不斷吠叫的狗呢？吳信雄覺得自己好像要飛起來，像隻蒼蠅般。覺得自己在縮小。小到像是蒼蠅。大家都在看蒼蠅要飛到哪裡去？蒼蠅沒辦法飛越太平洋回到美國去。蒼蠅只能在台南的旅館裡闖來闖去，也許可以找到窗隙鑽出去，找一個洞一鑽出去，或鑽進去……

投票機裡面呢？有沒有可能從這個投幣孔投下去的銅板會掉到另外一邊的箱子裡？

不可能啦……

不要說了。許明德制止大家。服務生開門進來送熱茶，一輪送完還不夠。還有五個人沒有茶。服務生又出去，又進來。許明德不讓任何人講話。

服務生走了。許明德問，眞的完全不可能嗎？投票機晚上放在哪裡？誰在看管？如果要動手腳得花多少工夫？對方在中央黨部有很多關係不是嗎？許明德一連串地問。

一定是有人搞鬼。沒錯。太卑鄙了。他們就是幹得出這種事。這裡那裡開始有人應和。很簡單嘛，我看過那機器啊，打開來裝一個鉤子把這邊的銅板導到另外一邊來不就好了。眞的很有可能，不然怎麼會總票數剛好照估計的，他們怎麼會有兩千九百多票？

等一下，讓信雄講話。許明德指揮混亂的交通。我說我們不能在這裡亂。如果眞的是這樣，一定是幾架機器被動手腳而已，對不對？剛才誰跟去收票櫃的？有沒有發現各機器間分配不平均？有幾架幾乎都沒有我們的票對不對？對不對？賓果！

吳信雄又再度覺得自己飛起來了。不過這次是隻老鷹。基隆山上的老鷹。徘徊徘徊，老鷹是悲劇英雄。一個印地安朋友強調地告訴他，在西奧克斯部落的語言裡，老鷹和悲劇是同一個字。不是那種突然降臨的悲劇，像車禍或癌症，對西奧克斯印地安人來說，車禍、癌症都是懲罰，一定是有人在對付你。悲劇是宿命的、長期的、無法調和的矛盾。老鷹看起來那麼威武，那麼令人尊敬，可是卻以腐屍維生，這就是悲劇。老鷹只有在極度饑餓或餵養子女時，才捉活的兔子或蛇或青蛙。大部份時候，你看他那樣英武地盤旋，他都在尋找腐屍。呼——俯衝下來，撿起一塊腐屍。這就是悲劇。

呼——俯衝下來的老鷹。

讓信雄講話，許明德說。馬上打電話去要求檢查所有的投票機。聯絡組織部，現在幾點鐘？不行我們不能等。我先去寫一份新聞稿，萬一眞的發現問題可以立刻發。誰先去吩咐阿芝把她家的傳眞機打開。如果十二點以前有結果就可以趕上早報的截稿時間。沒有比這個更好的了。因爲報紙必須抽版，其他版都印了，能抽的只剩下第二版和第三版。甚至有可能上頭版。讓對方措手不及。太過份了，這樣跟我們玩陰的。

我覺得我們的立場應該有三點：嚴正譴責、要求暫停初選、要求由中常會成立特別小組進行調查，若有違法就移送法辦。這樣可以嗎？

就這樣去做吧。許明德說。

組織部的人在夜市裡吃消夜，他們說投票機已經上車運回台北去了。老天，怎麼會這麼急？什麼時候走的？大概一小時了。誰跟組織部熟的先去夜市好不好？陳主任已經去了。我們必須追車子。我們必須找人在彰化還是台中攔車子，不然證據就沒有了！拖過明天就沒效果了！……

就這樣去做吧。許明德說。

呼——吳信雄彷彿看見自己俯衝下來。不過這次卻是一架準備要著陸的飛機。台北到了。可是飛機的速度卻降不下來。

17 Track of Time

吳信雄先看見電話機。沉默的電話機。不，是啞掉了不會叫的電話機。也不對，電話還是會通，會傳來遠方莫名其妙的各種聲音。例如問你去做選民登記了沒。你說我不是選民。對方很驚訝，想了一下說那你爸爸媽媽是不是合格選民。你笑了，只有電話這種奇怪的裝置會讓你被誤會成十幾歲的青少年。

青少年的時候爸爸不讓你用電話。因爲你成績不夠好。你四點半放學回家，爸爸卻要到五點鐘才下班。當然區公所的公務員常常會算錯時間與工作量。他們常常不到四點半就把窗口關了，爲了要整理一天下來那麼多那麼多堆積如山的業務。「你要我們加班到九點鐘處理你的案子嗎？我們就沒有太太沒有小孩在家裡等著吃晚餐嗎？我們就不是人嗎？我們公務員的小孩就沒有權利準時吃飯嗎？加班到九點誰給我們發加班費？你發嗎？國家發嗎？就算國家要發，我們可以拿嗎？這是什麼時代你知不知道？一切爲建國一切爲反共，你要我們爲了你自己太晚來，而讓國家財政發生困難，荒謬嘛！荒謬嘛！」他們對著四點半才走到窗口前的市民這樣解釋。可是十次總有九次他們太謙虛地低估了自己的效率。所以十分鐘之後，他們很滿意地發現桌上已經清理乾乾淨淨了。乾。乾。淨。淨。他們只好把自己也從座位上清除掉。才配襯桌上的乾。乾。淨。淨。

不管怎麼樣，吳信雄記起來，自己至少有十五分鐘不被爸爸監視。他會把吉他抱到客廳來，坐在電話機旁邊彈昨天練得純熟的曲調，幻想著這個世界上，不知道哪個角落，有人剛好拿起電話話筒，就聽到音樂，一個少女被音樂迷住了，完全忘記自己本來要打電話去哪裡，也忘記了自己根本不喜歡音樂

少年吳信雄並不是不懂電話怎麼運作的。他就是停止不了幻想。音樂和電話。這個世界上僅有的魔術。把不相干、不可能相干的人連結在一起。這個世界上會有一個最敗德最墮落卻也最美麗的妓女，她和吳信雄之間唯一的關係就是擁有一條潛在相連的電話線。有一天這條電話線會把吳信雄的音樂傳過去，徹底改變那個美麗而無情的女人。爲什麼是妓女，吳信雄不知道，可是他知道、他相信音樂的力量。

Janet住的地方的電話永遠不會響。Janet說她討厭接電話，她害怕接電話。因爲永遠不知道另一頭是誰，而且她不知道怎樣拒絕別人。一接電話就會答應去參加一個Party、幫人家跑一趟什麼地方，或是替誰誰代班一整個週末。生活會完全失去控制。所以寧可用答錄機，先知道誰是誰，猜好誰可能會有什麼樣的事，才決定要不要、要怎樣、要在什麼時候什

麼心情下回電話。連Janet的答錄機都是啞的。它不會立即播放出打進來的電話。等到Janet想聽時她才把音量打開。

所以吳信雄在她那裡時，永遠都不會知道有沒有人、有誰打電話給她。

吳信雄有一次跟她開玩笑說：「還好妳不接電話。不然我會打電話進來跟妳說：『我不行了，妳一定得幫我，妳一定得幫這個忙。妳非得嫁給我不可。』那妳就慘了。因為妳就沒辦法拒絕我。」Janet聽了開心地大笑。可是笑完了什麼話都沒說。吳信雄原來以為她會故意輕佻地乜斜眼睛或故意正經地抱胸挺立，說：「你這是在跟我求婚嗎？You rascal！」Janet每次被他逗得高興時，就喊他「You rascal！」可是Janet什麼都沒說。吳信雄只好又說：「不過那樣我可能更慘，因為每天都要擔心有別人先打電話來。」Janet還是沒說話。

電話是啞的。電話不會自己說話。可是有時候電話的存在，卻逼你必須說話。吳信雄終於從床上起身，看了一下床頭的鐘，十點二十分，然後撥了許明德房間的號碼。

「我是信雄。」

「我知道。」許明德的聲音很清醒，不過有點乾澀，

「昨天晚上的事……昨天晚上我jetlag很嚴重，搞不清楚自己在哪裡、是什麼時間……」

「我自己好像也有jetlag。我們大家好像從台北飛到台南就有了jetlag。」許明德的聲音還是很清醒，不過有點冷。

「我才剛從芝加哥飛到……」

「我知道。」許明德的聲音很清醒，不過有點重。「我們大家都需要好好睡一覺，痛痛快快地睡一覺。那樣就不會有時差了。」

18 The Evidence of God

吳信雄是個rascal。你知不知道rascal這個英文字？RASCAL。我原來也不認得這個字。我去美國唸書的時候，第一年下半年最痛苦。新鮮感沒有了，可是英文能力卻還沒有進步。偷懶貪便宜啊，我就跑去修中國史的課。反正系上說可以。那些東西中學大學都上爛了，改成用英文還是難不倒我們。

可是很好玩。我記得講到革命，講到孫中山，我們老師，一個鼻子很大的美國猶太人，他的鼻子大到我老是以爲他講話鼻音很重，有一次跟他講電話，沒看到他那個大鼻子，才發現他的聲音其實那麼清、那麼脆。講到孫中山，我們老師第一句話就是：孫逸仙是個rascal。我明明有印象這不是個好字。可是確切意思卻不瞭，他說了我才查字典。字典說是：「不老實、沒原則的人。」

那個猶太老師大談特談孫中山怎樣到處騙錢、怎樣到處留情、怎樣狡猾地騙過清廷的人、怎樣講得天花亂墜博取人家的同情、又怎樣不負責任看到危險就溜走，死道友不死貧道。他當然沒有說「死道友不死貧道」，可是意思就是那樣。不過他講的方式，其實不會讓你討厭孫中山。你只是覺得這個人怎麼那麼好玩，而且跟我們以前知道的國父差那麼多。

而且再聽下去，你就會曉得我們那個猶太大鼻子其實很喜歡孫中山。他覺得革命就要靠這種人。正經八百考科舉信孔夫子的人，怎麼會要革命？沒有浪漫想像力與衝動個性的人，怎麼會要革命？動不動要流血犧牲要跟人家硬幹的人，早就被清廷給幹掉了。而那些又虛僞又現實的官僚主義者，又很容易可以收買來收買去。只有像孫中山這種rascal，他們有個大夢想，一個不眞實的烏托邦夢想，夢想永遠達不到，他們卻也可以永遠不放棄。而只要他們覺得自己在追求夢想，他們什麼原則都沒有，他們可以騙可以偷可以搶可以出賣同志。可是他不會出賣自己的夢想。他不會接受任何現實的利益去放棄夢想。他就一直定不下來，也不會有眞正的同志，孤伶伶地在那裡晃啊晃、晃啊晃。做了一大堆莫名其妙、亂七八糟的事，讓他周圍認識他的人恨得牙癢癢的，可是每次他又談起他的大夢想、革命啦什麼的，每個人又都被他融化了，又都原諒他了，什麼都可以原諒。

你一定以爲我要罵吳信雄。其實我最有資格痛罵他臭罵他，可是我卻在抬舉他。把他跟孫中山相提並論，你看看。他有我這種敵人，根本就不需要任何朋友，對不對？當然啦，他並不能眞的和孫中山平起平坐。他是小rascal，孫中山是大rascal。

吳信雄有一種不切實際的自信，和孫中山一樣。他老是想要做讓別人驚訝、別人不相信他做得到的事。奇怪的競爭心理，不是爲了要在大家認定的軌道上爭到第一名，他覺得那樣還不夠，也許是那樣太辛苦了，所以他要去創造出另外一個特別的戰場，他自己的戰場，在那裡獲得勝利滋味，以及別人的注意。

什麼樣的戰場？……我就曾經是他的戰場。我很不願意承認，可是卻必須承認，我想他沒有愛過我。那時候在芝加哥，男生很多女生很少。我那時候很有名。不好意思這樣說，可是是事實。因爲很多男生追我，可是我都不理人家。因爲這樣出名。

不不不……吳信雄沒有追我。這點你錯了，大錯特錯。吳信雄不是一個花花公子，他不會隨便向女人示好。他很莊重、有點嚴肅，他喜歡扮演紳士。他眞的很紳士。而且和人都保持距離。我最早根本不知道他是什麼異議份子、什麼黑名單。我最早認識他，是聽他吹薩克斯風、吹黑人的靈魂樂。聲音悠悠長長一直往上升。低音的時候像是上帝恩寵的降臨。他穿得很隨便，大概是套頭毛衣和卡其褲吧，表情先是專注，後來吹完放下樂器，就變得靦腆。格格不入。

你知道我們都是大學或研究所剛畢業的，一屋子，他就顯得老。而且我們，坦白說，一群留學生，之沒氣質的。可是我們都比他有活力，我們都穿得比他光鮮亮麗。怎麼說呢？他有點像在白人群中的黑人牧師。有一種屬靈的權威，可是卻又意識到自己社會地位的不同，他吹起薩克斯風時就是這樣。

後來又聽他吹豎笛。他會很多種樂器。他的豎笛沒有那麼莊重，比較浪漫，很挑逗的。他後來跟我說豎笛和橫笛不一樣。橫笛是田園風的浪漫，把你帶到草原上，遠遠有大樹、樹下有吃草的馬，更遠的地方有飄飄渺渺的山影，山影上面是天空，左邊一朵密織如綿羊形的白雲，右邊是陽光。他說橫笛是空間的。而豎笛是時間的。豎笛是故事性的浪漫，好像老是在說故事，而且老是在說複雜的故事。豎笛要說的故事又和小提琴不一樣……

對不起，我不曉得你對音樂有沒有興趣……吳信雄很會用這種方式解釋音樂的世界。他說小提琴是第一人稱的敘事者，講自己的感情、講自己的遭遇，所以很直接、很衝動、很熱情又很沮喪又很悲愴又很自憐。豎笛比較複雜，它是帶自傳色彩的小說，其實講的還是自己的故事，可是卻要裝作跟自己無關，加一大堆華麗，甚至荒謬的煙霧裝飾，而且常常欲言又止、欲止又言，明明是最傷痛的感情，它卻要把它講成鬧劇，明明是最快樂的時分，它卻要把它講成完全和現實無關的神話。

所以伍迪艾倫要吹豎笛，不是嗎？其實，第一次看吳信雄吹豎笛，就覺得他有點像伍迪艾倫。當然，我的意思是如果不看他那個胖肚子的話，哈哈哈……患了貪食症後的伍迪艾倫，哈哈哈……開玩笑的。不過至少臉上，吳信雄的臉上還沒有太多贅肉，所以會有那麼一點神經質、孤僻的味道。

……是有一點迷人啦。不過當時只覺得是另一個世界裡的人。他當然沒有追我。很多人追我，很多在世俗標準下條件很好的男生們，可是我就是沒有男朋友……你又錯了，你怎麼可能這樣說呢？你認識我多久了？我什麼時候像是個冷若冰霜的人呢？胡說八道。我很願意跟人家、跟一群人玩在一起，我很快樂，就是不想和任何一個人單獨交往。

開始發生事情是感恩節的聚會。吳信雄又來表演。我們會長，也是我最要好的朋友，非常喜歡吳信雄，簡直是崇拜他。崇拜他的音樂、也崇拜他的政治立場。那次他彈吉他，我彈鍵盤，唱了一些歌。他唱我唱別人唱。他甚至唱了一首他自己作的歌。一首歌詞很奇怪的歌。不過表演到半小時後，就有點無聊，而且愈來愈無聊，變成了卡拉OK大會。每個人都被叫上來唱一首歌，連「哥哥爸爸眞偉大」都出籠了。你可以想見那種場面。

吳信雄很細心，他一定是察覺到了我的臉色不對勁。每件奏完一首歌，他都湊過來跟我講話。跟我說他一個人應付就可以了，要我下去和大家玩。我說我不要。他一直問我：「你還好吧？」我都說沒事。他甚至還問我是不是寧可自己一個人在台上伴奏。我衝口而出說：「你敢下去，我絕對不原諒你。」他聳聳肩，說：「I'm flattered。」

好不容易聚會結束了。我覺得好累好累。我們會長載吳信雄回家，在車上那個大嘴巴跟他講了我的秘密，那個大嘴巴。我愛上了我的老師。一個從台灣來的年輕教授。極度講究、也極度情緒化的人。我不想談那個人。因爲其實跟他無關。會長告訴吳信雄，我之所以一直待在台上，因爲我的老師帶著新婚太太來參加聚會。

That rascal。我後來一點一點瞭解他，一點一點明瞭這到底是怎麼一回事。他一方面對我充滿了同情，想要幫助我，或者講得更那個一點，想要解救我。另一方面，他對於和那個年輕教授競爭我的愛，突然充滿了興趣。不是愛本身，是競爭，以及同情，讓他內在的爐火點燃起來。作爲他的敵人，我可以明白地指出來，競爭與同情，這是控制、作弄、摧毀吳信雄最容易的方法。他無法抗拒的。

下一次聚會、下一次聚會。下一次聚會，我喝了很多酒，吳信雄也喝了很多酒。這次他沒有帶樂器來。大家都問他爲什麼，他說怕大家聽膩了。可是在一個角落裡，他偷偷跟我說：「想到要幫他們伴奏那些毫無創意的音符，我都覺得對不起我的樂器·我沒辦法強迫它們跟我來。」然後他把已經很低的音量降得更低，貼著我耳朵說：「答應我，不管發生什麼事、不管爲了什麼理由，絕對絕對不要再委屈自己侍候他們。You are too good for them。They don't deserve it。我想到就覺得心疼。」我答應他。

我上台去表演。唱「Where Have All the Flowers Gone」，吳信雄一直看著我。坐在遠遠的，一張擺得長長斜斜的小桌子邊，我甚至搞不清楚那裡怎麼會有一張那種小桌子。他一個人在那裡，趴在自己的臂彎裡，眼睛直直地看著我。那歌一共有四段歌詞。我第一次覺得歌怎麼那麼短。一下子就唱完了。唱完了，好像我跟他之間一點點特別的連繫也就結束了。

大概才九點多十點不到吧，吳信雄就說要走了。他說他答應一個朋友順道過去坐一下，談關於台灣的運動。選舉總路線眞的可以取代街頭運動嗎?大家需要交換一下意見。我們都找不出理由來留他,那麼重要的題目要他去貢獻智慧。我們那個會長,喝了酒更容易激動,突然跟他說:「謝謝你替台灣做了那麼多事。」

大概就是那種氣氛吧,我們決定送他出來。在門口,會長抱了他一下,跟他說:「Merry Christmas。」我很自然地說:「我也要a hug。」他輕輕摟摟我,說:「Be good,不要讓我擔心。」他其實完全沒有權利講這種話、沒有資格。That rascal。他是我的誰嗎?他認識我多少?然而他就是說了,而我聽了就是忍不住眼眶紅熱。That rascal!

再下來就只能說是命,他堅持自己走去停車場。我抬頭看天空,才發現在停車場水銀燈的照射下,有些似雨又似雪的水氣在飄著。雖然很冷,我並不感覺到有風。可是燈下的水氣卻在亂飛亂竄,變換著各種方式,彷彿它們有意志力,想辦法拒絕掉落下來。我在那裡看了一陣子一回頭發現會長早就進去。我正要進去時,卻聽到吳信雄叫我的名字。他走回來,很溫柔但又很堅定地說:「陪我走幾步路。」

我呆呆地乖乖地就陪他,讓他摟住我的肩,讓他深呼吸呼出來的暖暖的氣吹拂在我的頭頂上,我什麼都沒想、什麼都不敢想,只在意奇怪自己的頭髮怎麼會突然變得這麼薄,抵擋不住涼意,也抵擋不住他暖暖的、充滿了爛熟葡萄酵氣的呼吸。而不管是涼還是暖,竟然都讓我發抖。然後我專心地試圖去分辨,冷的顫抖與熱的顫抖,到底是一種顫抖還是不同的兩種……

他跟我說：「我喝醉了。我要講一些醉話。等我酒醒了，無論如何不要告訴我我講過這些話，好不好？」

他跟我說：「我可以抱妳嗎？」我停下腳步，緊緊地抱住他。他跟我說：「我可以愛妳嗎？」不曉得爲什麼，我的眼淚奪眶而出，我把頭埋在他的胸前，卻帶著笑意回答：「可以啊，你當然可以愛我。」他跟我說：「我不可以愛妳。完全沒有希望。我只想告訴妳，我如果有機會可以再愛一次，我會瘋狂地愛妳。」我沒有作聲。然後他跟我說：「妳該進去了。外面太冷了。謝謝妳聽我講醉話。也先謝謝妳等我酒醒了不提醒我，你該進去了。」我聚集了全身所有的力量，才擠出幾個字來：「讓我再待一下。讓我再抱你一下。」我知道他一定也喜歡我那樣抱著他，沒人會不喜歡吧。可是他的確是個蠻體貼的人，至少在那一刻。他頂多只等了十秒，我覺得頂多只有十秒，他就拉開我的手，跟我說：「妳必須要進去了。眞的太冷了。」

……後來啊……我實在不太想講。……這個人，That rascal。他憑什麼跟我說那樣的話？又憑什麼先講好說這是醉話，醒來就都不算數的。你不覺得很可惡嗎？

後來是我打電話給他。他沒接電話。我去找他……很傻是不是？……對，我去找他。他開門的時候我渾身都在發抖，完全弄不清楚是冷還是熱。我跟他講話時也一直在發抖。我問他，他爲什麼說沒有希望可以愛我。我只要弄清楚這一點。我沒有要他愛我，可是他不能這樣不明不白的，這樣讓我一頭霧水，我只想明白這點。

他一直歎氣，一直搖頭，可是又察覺到歎氣搖頭會傷到我的感情，就又趕快作出笑容來。那種慈祥、容忍、卻又有點莫可奈何的笑容。我知道他想怪我爲什麼沒有照他說的把那些當作醉話。我就先解釋，他說他愛我可以是一時醉話，可以完全不算數，不過他說他沒有希望可以愛我，卻不是醉話。一定有酒醒了以後依然清清楚楚存在的理由。我只是要知道這些。

他開始先說黑名單。他是台獨份子。他沒有家。他回不去台灣。他又不想留在美國。他最想回去扳倒國民黨。其次是回去坐國民黨的牢，他準備被抓被審問被關被槍斃已經準備了快十年了，然而什麼都沒有。只有悲哀的等待。

他說最早相信歷史唯物論。相信歷史會朝一定的、對的方向進展。自己負有把歷史推向對的方向的使命。人活在世界上，會這樣活在世界上，一定有某種道理對不對？一定是爲了要完成什麼、會發揮什麼作用，不然活著有什麼意義？

可是愈活愈等他愈懷疑。爲什麼連想被抓被審問被關被槍斃的機會都沒有？完全進入不了那個歷史潮流。不要說什麼隨波逐流還是逆流而上，是根本進不去，只能袖手旁觀，永遠在等待。等待一隻上帝的手把他推進去。如果眞的有那麼一隻上帝的手的話。

他講的很誠懇，我完全不懷疑他。可是我很直接很乾脆很堅決地告訴他，我不覺得這是理由。這些都和愛沒有一點點關係。跟他能不能愛我沒有一點點關係。

他被我嚇到了。然後被我迷惑了。然後他那麼樣輕而易舉、那麼樣毫無預兆，瞬間就崩潰了。啪。好像一個人突然之間就散掉了。還是像從高空俯看，你以爲那是一個巨人，其實是總統府廣場前學生去排出來的圖案。於是一聲「解散」令下，巨人就化掉了。化成自四面八方散去的微小顆粒。

當然他的人沒有散掉。散掉了的是他的邏輯、他的語言，以及他的淚水。關於一個叫作Janet的女人。他去看心理醫師。心理醫師叫他去精神科。精神科醫師說沒關係，只是輕度憂鬱症。可是痛苦卻是重度的。他一直在想這個離開他的Janet。他會想起和她在一起時的一小件事，然後就追憶每一個細節，幾個小時幾個小時，就只想那件小事。他想起帶Janet進中國城爲了買一瓶治咳嗽的梨膏。Janet老是在半夜咳嗽。他記得她咳嗽的聲音。通常他會比Janet自己更先醒來。他睡得很淺，所以可以分辨Janet的咳嗽是在睡夢中的，還是醒來後的。聲音不一樣。

他想著現在Janet咳嗽時誰照顧她？痛苦心疼地哭了。可是Janet還在的時候，他也無法照顧她的咳嗽。他無能爲力。Janet討厭把他吵醒，所以有時候他只好裝睡。有時候起來幫她倒熱水，幫她拍拍背、拍拍胸口。他們轉了好多圈好多圈找停車位。中國城的地下道在熱天裡蒸出特別的味道。他可以花一小時想像、分析那個味道。腐草葉加剛熄掉了的菸頭的味道。剛剝開來的竹筍有一種特殊的腥味。像男人的精液。而且是自慰時候的味道。因爲太純粹。沒有女人、也沒有汗水。他可以再花一個鐘頭回憶那家店的模樣。要先下七、八級台階，店面一半藏在地下。左邊賣彩券、右邊賣中藥。然後再花一個鐘頭回憶緊緊摟著Janet下樓梯的感覺。多麼不自然、多麼不方便。腳步老是要交纏在一起。他知道，Janet也知道不方便。他跟Janet說：「可是我不放手，要跌倒就一起跌倒。」Janet快樂而輕巧地啄他臉頰一下，又啄他嘴唇一下。於是他又可以花更多時間記憶頰上和唇上的觸覺……

每一個念頭都讓他痛苦。醫生說沒關係，你可以吃這個藥，吃了以後，你會覺得本來以爲很嚴重、不得了的事，不再那麼糟糕。他聽了卻像見到鬼一樣。「我不吃、我不吃、我不吃。」他甚至驚慌失措到冒出中文來。然後才改用英文說：「I will never ever want to believe my love。」

……這樣我就理解了。他的確沒有希望可以愛我。我靜靜地讓那個崩潰了的男人留在他混亂的書堆裡。走出來。找了一個朋友載我到大湖邊的公園去。雪畢竟沒有下成。那是一個乾燥、蕭索的聖誕日。我胡亂想著。耶穌爲什麼要誕生？耶穌是很幸運的，我想。當他在馬槽誕生的時候，就有東方智者來讓他周圍的人都知道，耶穌生來是要幹嘛的。他從小一定就知道自己是上帝設計來，有目地的，可是我們其他人呢？我們也是被設計好有目的的嗎？還是一切都是偶然？

我上過主日學、參加過團契，可是從來不覺得自己有辦法眞的信教。在那一刹那，我卻覺得，如果眞的沒有上帝、如果我的生命沒有什麼特定的目的，那會是件多麼悲哀、多麼無法讓人忍受的事。我會只是偶然遇見吳信雄、偶然在聖誕夜跟他擁抱嗎？抱著他的時候那種深情也只是毫無目的的偶然嗎？聽到他描述對Janet的思念時，我心裡湧上來完全阻止不了的嫉妒羨慕與憐惜，也只是毫無目的的偶然嗎？

我沿著湖岸走，這樣反覆問我自己。突然在我面前的湖水，變成一條滾滾奔流的河，我想起吳信雄說的，我是河岸上的旁觀者。一條感情的河的旁觀者。我發現自己竟然偷偷地在等待一隻上帝的手把我推下去。

後來，後來，我想我就被推下去了。不過我不確定到底是上帝還是吳信雄推我的，如果是吳信雄，那就證明了他的確是個rascal；如果是上帝，那就證明了上帝的確存在，而且祂也不是什麼好東西。

19 He Should Have……

一九九六年二月，過年前一個寒雨濛晦的日子，吳信雄意識到自己坐在競選總部發呆。旁邊的人正在和不知從哪裡來的熱心選民，討論到底過年期間應該怎樣打選戰。記者也要休息，電視談話節目也休息，總不能要選民一直這樣不眠不休憂國憂民下去吧。然後他們談起陳履安的環島苦行，過去的策略一直是不理陳履安，因爲和許明德的選票重疊程度最低。可是如果苦行的策略成功，把輪班沒休假的記者統統都吸引走了，是不是應該要有些什麼新的對策……

吳信雄抬起頭來想叫他們換到門口接待處的沙發上去討論，才不會打擾到別人工作。總部內規明明這樣要求的。

然後他意識到自己根本沒有在工作。明目張膽毫不掩飾地在發呆。他打消了開口說話的念頭，有點不好意思地檢討起自己到底在發什麼呆。

他剛剛在想像另一個風雨交加的日子，不過是夜晚。深夜，仁愛路的慢車道上擠滿了一支支的雨傘。傘架頂著傘架，這支傘的雨水滴到另外一支傘上。他彷彿看見許明德站在台上，背後是大幅大幅的數字。他彷彿聽見許明德正在說：「我接受選民的選擇，卻絕對不放棄參與貢獻於台灣命運的機會。台灣必須要民主、必須要由一個清廉的政府帶領我們走入二十一世紀。從明天開始，不，自現在開始，我要恢復反對派的身分，我恭喜李登輝，我祝福李登輝，可是我一定繼續嚴格監督李登輝……」

台下的群衆努力想要替許明德歡呼，可是氣氛畢竟還是沉重得不得了。於是有總部的工作同仁開始喊：「二千年！二千年！二千年！」另外還有一群女生，突然齊聲高叫：「許明德，我們愛你！許明德萬歲！」

吳信雄彷彿感覺到冷雨持續打在右肩上，因爲左邊的傘分給了記者阿傑。還有另外一些記者也都齊聚在周圍。阿傑問他：「這是你們安排的？」吳信雄很用力地否認：「當然不是，拜託，誰會無聊到去安排這個。自動自發的感情。」似乎自己都覺得這樣講的說服力不夠，馬上又加上：「老許有他的魅力，你知道的。遠遠看、電視上看是一回事，眞的跟他一起工作是另外一回事。他有能力感動一些人的。」嫌這樣還不夠，頓了一下又接著說：「有些事現在可以講了，我們整個總部已經三個月都沒有發薪水了。可是你相信嗎？從總幹事到總機小姐，沒有一個人走掉。大家都知道會輸，而且發不出薪水來的選戰，沒有一個人走掉。我必須說，這是許明德了不起的一項成就。可惜沒人知道，選民沒有機會想一想爲什麼沒有任何一個人走掉……」

一九九六年二月，離選舉投票還有一個半月，吳信雄發現自己在想像許明德的落選演說。他覺得很慚愧，更覺得對自己強烈的厭惡。

他知道自己不應該這樣編造故事。他應該，早在一個月前就直接去問許明德，或問魏，爲什麼沒有發薪水？他應該，前天就應該直接去問許明德，爲什麼不發薪水，可是魏卻可以支領高達十三萬的應酬費用？爲什麼不發薪水，讓半年前開給廣告公司的支票跳票，卻花錢多買了十五支大哥大？只因爲電信局特別撥給門號，別人排隊都排不到，總部卻可以享有特權。

他知道他應該去弄清楚答案，而不是替問題編織各種美麗的裝飾。問題就是要拿來尋找答案的。問題本身不是藝術品。

他應該去弄清楚許明德爲什麼老是要回美國。他應該弄清楚許明德對台灣眞正的感受。他應該弄清楚許明德爲什麼能夠同時把他和魏都留在身邊，兩人完全相反，個性、主張、原則、品味、風格……而且兩人彼此仇視。他應該去弄清楚競選總部的文宣到底誰負責。他應該去弄清楚他自己可以決定多少事情。

他當時就應該弄清楚Janet爲什麼要離開。他應該像一條狗般追索她的氣味，穿過林子、穿過公路、穿過城市、穿過沙漠，一直到站在Janet面前。他應該追上去，而不是安安靜靜而且鎭定地安排失去了她之後的生活。他應該追上去大聲質問她：「妳爲什麼要走？」而不是因爲害怕自己找到她時只會怯懦地說：「不要趕我走，不要趕我走……」而不敢向前任何一步。到處都是Janet的味道，他應該把味道的來源找回來，而不是坐在味道裡，安安靜靜而且鎭定地估計味道散失的速率。

他當時就應該弄清楚Janet的婚姻狀況。他應該弄清楚她爲什麼要回去。也許會很痛苦，但他就是應該要知道。

他當時就應該弄清楚爸爸把他的吉他、小喇叭拿到哪裡去了，升高三前被留級的那個暑假。而不是打開空蕩蕩的衣櫥，假裝什麼都沒有發生。他應該弄清楚爸爸眞正的意思到底是嫌音樂佔去了他太多時間，還是就是要懲罰他。他應該弄清楚那一大疊的簡譜創作稿到底到哪裡去了，而不是一再地告訴自己只要上了高三，音樂就會回來。上了高三就告訴自己只要考上大學音樂就會回來。考上大學後就告訴自己，那些樂譜其實幼稚得很，吉他和小喇叭其實都是粗製濫造的。

他應該，他早就應該站在爸爸前面，大聲地說出他的懷疑：「你爲什麼不喜歡我？你爲什麼受不了看到我快樂？爲什麼任何可以帶給我快樂的東西，你就要迫不及待地拿走，而且無情地摧毀？」而不是在不給爸爸任何解釋機會的情況下，暗自決定所有爸爸喜歡的東西他都會努力討厭。

他應該，他早就應該，一九九六年二月雨日裡，他痛苦地承認，他早就應該衝進Janet的生活裡，大聲地告訴她：「妳必須愛我。妳必須愛我。」而不是不斷幻想能夠找到讓他忘記Janet的某種神祕的靈藥。

20 Unity of Time and Space

車隊從花蓮出發時，已經超過十點了。募款餐會只來了九百人。可是地方上的人物們卻輪番上台講話。他有個錯覺，好像這九百個人都上去發表了演說。而且有些演說內容和許明德和總統選舉一點關係都沒有。有一個人大講特講當年十大建設做花蓮港時的種種錯誤。有了港卻沒有船要進來。平白地破壞了花蓮的風水。港口正對著花蓮女中，有比這個更糟的嗎？船進港就像在進入花蓮的處女的身體。有比這個更糟的嗎？有。把女中少女的兩腿打得開開的，邀請人家來幹，結果人家還不願意來。

吳信雄頭痛極了。車隊出發時，他覺得花蓮的街道在旋轉。雖然在夜裡，街景卻異常地鮮亮。好像電動玩具裡賽車的螢幕。而且也像賽車遊戲裡一樣，車子似乎老是要滑出路面以外去，司機似乎老是在用力拉方向盤。吳信雄坐在前座右邊的位子，忍不住雙手肌肉緊繃，暗地裡幫他拉，阻止車子滑走，弄得兩臂痠痛。

上了蘇花公路，樹影、山壁，甚至海上的雲，好像接連壓伏到擋風玻璃上來。總是來勢洶洶，然而在撞上擋風玻璃的剎那，突然變成毫無重量的透明薄片，貼著玻璃快速地向後消失。變成一朵朵氤氳的鬼影子。吳信雄只好把眼睛閉上。

他弄不清楚自己是不是睡著了。大概沒有，因爲明明一直聽到司機踩離合器換檔的嘰嘎響。可是又好像有，因爲他覺得才過了一下子，後座許明德開始抱怨脊椎痛。許明德坐不住了，必須要找地方躺下來休息。司機用無線電通知前面國安局派來的安全人員，他們說下一個鎭是頭城。

怎麼那麼快就到宜蘭了。安全人員說知道頭城海水浴場裡有一排面海的別墅式房間出租。如果颱起超過五級的風，海浪保證吵得讓人睡不著覺．可是天氣好的時候，沙沙沙捲來，嘩嘩嘩退去的潮聲，卻會是最佳的催眠音樂。他們問許明德要不要去。

許明德說如果他們喜歡去就去吧。車子在鎭上轉了一個彎，顯然轉錯，掉過頭再轉另一個彎，長長的一條路通向海邊，兩旁都是高高的木麻黃。木麻黃冬天夏天長得一模一樣，可是氣氛卻截然不同，夏天的木麻黃給人一種涼爽安全的感覺，冬天卻轉成蕭索單薄。吳信雄開始懷疑這條蕭索單薄的路，還有什麼別人要走。

海水浴場果然沒人。國安局的安全人員堅持他記得冬天別墅旅館還繼續營業，有很多懂門道的情侶會選擇來無人的海岸邊度假。多麼浪漫，又多麼淒慘。反正台灣總是不缺乏又浪漫又淒慘的情侶們。吳信雄和他們一起下車去詢問，沒想到許明德也跟來了，大概眞的坐到背痛了。

辦公室開著燈，一個大約二十歲上下的小伙子，顯然被閃爍的車燈驚擾了，站在門口等著他們。沒等到他們把問題問完，小伙子簡短明確地說：「我們冬天不開。」安全人員好意故作輕鬆地問：「冬天不開那什麼時候開？」吳信雄想起小時候女生玩的「荷花荷花幾月開？一月不開幾月開？」忍不住笑了，小伙子卻沒什麼幽默感，仍然是平著聲調說：「冬天不開，春天開夏天開秋天開。」

另一個安全人員改用比較嚴肅，帶點威脅的口吻說：「你知不知道我們是誰？」小伙子竟然毫不猶豫地頂回來反問：「你們知不知道我是誰？」吳信雄問：「你是誰？」「我是台灣人啊，我是誰！」

安全人員瞄向許明德，再用正眼對著小伙子，「我們總統候選人背痛，需要躺下來休息一下。」

小伙子還是不買帳，連看都沒看站在燈光映照範圍以外的許明德，說：「總統候選人又不能帶春天來。」

吳信雄忍不住笑出聲了，笑得好高興，他覺得在花蓮染上的頭痛笑一笑就不見了，他還回過頭去對許明德說：「咱台灣有救了，有這款的小孩。」

許明德卻沒等他把話講完，掉頭就走了。

後來，吳信雄愈來愈弄不清楚，頭城這段關於春天的對話，到底眞的發生過，還是他自己想像出來解釋爲什麼許明德會開始疏遠他。

21 Panic and Hatred

他是如此地安靜且鎮定地安排著失去了她的生活。

除了幾件隨身的衣物以外，她幾乎沒有帶走任何東西。他收起她的一件大衣，一件他只看她穿過一次的大衣，那應該是她認為最珍貴的一件衣服。他收起她的CD唱片，滿滿裝了一紙箱。她在家的時候，不能忍耐沒有音樂，這本來是他最喜歡她的地方，他隨時可以吹薩克斯風、彈吉他，完全不必擔心會吵到她。如果他沒有在玩樂器，她就去放唱片。

他收起她的床頭音響。她一直拒絕使用一次可以連續播放很多張CD的機器，她說那樣音樂會變成單純的背景，你會忘掉到底聽了什麼。必須要經驗唱片放到盡頭，突然而來震耳欲聾的沉默，提醒你在心底自然地把那些剛剛播放過的音符一顆顆叫出來。腦子裡會有一台自動檢選機，瞬間選出最熟悉、你最喜歡的一段。在那一瞬間，欺騙不了別人、也隱瞞不了自己，你會清淨透明地明白自己的品味與個性。

接下來就去換唱片，選唱片，認眞地再想一下自己到底要聽什麼。她說：「你知不知道最早七十二轉的唱片，一面只能錄五分鐘？你必須坐在唱機前面，五分鐘的間隔你沒辦法做別的事，只能坐在那裡實實在在感覺五分鐘過去。每一秒、每一個音符與休止符、歌詞裡的每一個音節。音樂，唱片放出來的音樂，在那個時代，代表著最眞實、最稠密的時間。我們現在的，都灌水了，變成虛擬時間裡的幽靈聲音。」

她不喜歡談她過去的婚姻。她本來會說「我老公」，後來不曉得什麼時候改口說「我前夫」。他寧可希望她多講她老公或她前夫的一些壞話。可是他不好意思問，怕問起來時自己的邪惡居心會太明白。他記得她說過，她前夫不喜歡音樂。只要她一放音樂，她前夫就嫌音量太大，打擾到他。而且她前夫在家的時候就喜歡看電視，佔據著客廳，音樂愈來愈難有任何機會。她前夫表示自己風度的方式，就是容忍她買唱片。幾年下來，她買了好多唱片，大部份都沒有聽過。整整齊齊放在架上，她讀完每一張的簡介，然而就是沒有機會眞正聽到音樂。多荒謬不是嗎？更荒謬的是她離家出走，一張唱片都沒帶。上好、精選的整座唱片架，全留給了一個完全不聽音樂的人。

他想這世界上沒有人會忍心阻止她買唱片。因爲她是如此的快樂。不是單純的快樂與耽溺。她彷彿一直都覺得自己不應該、不値得擁有這麼美好的事物。你會發現走進唱片行裡時，她的腳步變輕了，無法自抑地躡手躡腳。像是一隻偷闖入乳酪倉庫裡的老鼠。每一張唱片都像是偷來的。她絕不在店裡逗留，一方面是她早就知道自己要什麼，另一方面更好像留太久就會被逮到趕出去一樣。

她花自己的錢買唱片。可是每次進唱片行，她都哀求他：「不要罵我，不要罵我，我買兩張就好。」他會不自主地露出寬容的表情，攤攤手說：「我什麼時候罵過你？」她像是怕他反悔似地，立刻從他身邊消失。他喜歡極了這種寵她、恨不得把她寵壞的感覺，雖然他知道其實是她在把他寵壞。

買完唱片，她就想喝咖啡。急著坐下來把每一張CD拆封，一邊拆，原本那個小女孩會成長爲深思中的音樂系教授，評論每一首曲子、每一個樂手。她還會客觀地用各種方法，比較別人的音樂和他的演奏。「這讓我想起上次你沒吹完的那首，你說覺得太誇張了的那次，這傢伙的風格開頭也都是很誇張、很戲劇性，讓人受不了，可是過了中段他會突然把分裂的兩種情緒收來在一起，變得非常平順、高雅。我覺得你下次也可以試試看。他說過，他說他恨不得彈得讓你以爲有兩台完全不一樣音色的鋼琴輪流在演奏。接下來再讓兩架鋼琴變魔術般融合成爲一架，到結尾時，最好是鋼琴完全融化消失了。只剩下上帝在唱歌。很棒吧。」她會這樣說。

很棒，很棒。她嚴肅起來時眨眼的頻率變慢了。在她睜得大大的眼睛裡，他看到她眞的相信。眞的相信她所愛的這個男人，可以用音樂發出上帝的歌聲。

他收起了她最珍愛的東西。然後花了一整天想自己爲什麼要這樣做。晚上睡覺前，抱起枕頭，他想通了。他總得懲罰她。她既然要走，他就沒收她最珍愛的東西，絕對不還她，絕對不讓她有任何機會要回去。別的可以給，她愛的不給。要她為了大衣、唱機和CD唱片而後悔離開他。

不過半夜，睡下去才四十分鐘之後，他被自己的哭聲吵醒。他夢見自己緊緊抱住那些CD唱片，以為這樣她會有可能因為捨不得CD唱片而回來。他夢見自己在練習如果她回來要CD時，該怎樣留住她，反覆練習到痛哭不已。於是就醒了。

22 Panic and Hatred Continued……

他是如此地安靜且鎮定地安排著失去了她的生活。

她走了之後，世界變得好大好寬廣。也許是他自己變小了。

他又有時間去參加芝加哥大學的中國研討會。那是「六四」天安門事件的遺產。大批民運人士透過各種管道流亡到美國。普林斯頓、柏克萊、哈佛、芝加哥，都成了他們聚集的中心。芝大東亞系的一個教授，把流落到這裡來的人組織起來，定期開會，有時候讀書、有時候輪流作報告。

八九年下半年，吳信雄格外活躍。他相信可以、也應該讓這些中國民運人士，聽到台灣的聲音。如果中國的民主化，透過外面的壓力，可以有些進展，這群人回到中國去，會是最瞭解台灣、對台灣最友善的。即使民運在中國無法順利開展，海峽兩岸的異議份子經常交換對抗、騷擾威權體制的想法，總不會是件壞事。

不過後來就遇見了她。好長一段時間，他對中國愈來愈沒有興趣。他再度出現在定期研討會上，主持的那位教授差點想不起他的名字來。最後一秒鐘及時想起來，免掉了尷尬場面，反而因此表現出更熱情的歡迎。那麼久沒來了，教授要求他用幾分鐘介紹介紹自己。過去做過什麼，最近又有什麼新的計畫。

他按照囑咐開始背誦自己的履歷表。一九八一年來美國，唸哲學。在同鄉會認識陳文成教授，以及當時流亡在外的許明德。本來沒怎樣，逢節慶的時候去人家家裡吃吃飯，順便教小孩彈彈鋼琴。一九八三年，陳文成回台灣，陳屍在台大研究圖書館前。大家都懷疑是政治謀殺。陳文成臨走前才說：「台灣人怕死。要等到有一天一部份的台灣人變得又聰明又不怕死，台灣才會有希望。現在聰明的台灣人都怕死，而且貪財。我們不能笨笨地白白地去送死，我們要很聰明跟他們周旋，要殺我們一個人得費很大很大的力氣。一個殺了還有一個。一個殺了還有一個。把他們累死。記得，把他們累死。記得嗎？他們不會自己笨死，我們也沒有力量把他們壓死，可是我們可以把他們累死。或者累到他們覺得開放民主比殺我們，要輕鬆多了。」

所以他就去參加了許明德的組織，幫他們編雜誌。這段經歷他講過太多次了，多到他自己弄不清楚陳文成是不是眞的講過那樣的話。不過他很清楚，不管是誰，台灣人或中國人或美國人，甚至支持國民黨的人，都希望陳文成眞的說過那段話。好的人性戲劇，眞的可以超越文化與黨派的界線。

編雜誌很辛苦。那時候大家都學列寧。是列寧說的吧，宣傳革命不能細緻，更不能猶豫。你得勤勞地用文字把人民淹沒。當權者再嚴密的管制，都擋不住像潮水般的革命理念。這樣人民才會看到聽到感覺到眞相。當然，還要他們感覺到歷史的明確動向。所以一辦就要辦週刊。而且三不五時要譯要寫小冊子。一個禮拜寫上兩、三萬字一點都不稀奇。

寫了很多關於民主的理論、革命的理論、解放的理論以及台灣和中國的歷史的文章。五年下來至少有兩百萬字。有一本比較完整的著作，叫作《階級與歷史意識》。援用盧卡奇的《歷史與階級意識》的理念，作了辯證的翻轉。裡面講了一大堆黑格爾哲學與青年馬克思，沒有人看也沒有人看得懂。不過有一章講要維持不平等的宰制關係，必然要將歷史謊言化。時間會被扁平化成爲現實的函數。原本縱深的因果關係被改排成並列的展覽物。敘述消失了只剩下斷裂的條列。於是故事變成謊言，大概是這樣的理論架構。裡面大量舉例了台灣歷史的幾個階段，怎麼樣被當權者予以「謊言化」。這章有一段時間幾乎被台灣所有的地下黨外雜誌翻印過。而且聽說有很多手抄或影印的版本在大學校園裡廣爲流傳。

有一個有名且眞實的故事，是某大學研究生的宿舍，有一天在佈告欄貼上他的文章。旁邊剛好有一位詩人的一首詩也貼在那裡。教官在情急之下，把文章和詩一起撕下來，一起送到情治單位報備。警總的人也沒注意，就胡里胡塗地把他的文章當作是詩人寫的了。詩人因而莫名其妙地被約談羈留。怎麼說都說不清楚。詩人的朋友輾轉找到他。他連忙送了一本完整的《階級與歷史意識》，還附了一封信，證明這一切和詩人無關。警總收到證據後，把詩人調出來臭罵一頓。罵他爲什麼要在詩裡用「福爾摩莎」這四個字？難道不知道「福爾摩莎」是海外台獨份子最愛用的嗎？他們寧可歸化成爲葡萄牙人，不願作中國人。如果不用「福爾摩莎」，大家就不會搞錯了。

他們決定把詩人再多留三天，懲罰他使用「福爾摩莎」而沒有在詩裡用「中華民國」。三天還沒到，他們想起來了，又把詩人找來逼他招供爲什麼會有管道去聯絡到像吳信雄這樣可怕的叛國者……

沒完沒了。反正五年雜誌編下來，勉強才拿到一個碩士學位，上了黑名單，回不了家。就作專業的異議份子。異議份子。異議份子。

講到這裡，他突然講不下去了。他忘記了自己的故事再下來還有些什麼。他知道還有一些別的才對。可是眼前卻突然只剩下快速流轉，一幕幕和她在一起的情景。他發現自己到那個時候才意識到，不管在什麼時候什麼地方，她只要看到他，就會向他跑來。故意裝出一種有點笨拙，腳型略顯內八的跑法，好像跑得很辛苦，卻又老是跑不到。愈是跑不到，就愈顯得她是如此急切地要趕到他身邊。

他看見她從公司大樓裡向他跑來。他看見她在購物中心裡向他跑來。他看見她在公園綠地上向他跑來。他看見她從門口往廚房裡向他跑來，他終於看見她在教室的另一端向他跑來。記憶與幻想劇烈地撞擊，冒出空洞的火花。

他的世界在瞬間急速地萎縮，縮小到只剩下和她在一起的時光。如果研討會的人願意聽，他可以不停講三天三夜給他們聽。三天三夜不用休息。可是除此之外的，他看不到聽不到感覺不到，他知道應該還有另外一些什麼在那裡，可是那種存在是虛空的，他完全沒有興趣。

他發現自己坐在小小的世界裡。從來沒有那麼專注過。也從來不曾那麼孤單過。

23 Panic and Hatred Lingers On And On……

他是如此地安靜且鎮定地安排著失去了她的生活。

他必須強迫自己和外在世界連繫起來。他的作息表是這樣定的：

早上起床、看報紙，剪報。到芝大校園散步、逛書店。中午，隨便在外面吃速食店，漢堡或是披薩。下午，讀書或運動串連，打電話給老朋友，安排下階段的政治活動。晚上，寫文章及強迫自己走出去。走出去，走向一個寬廣的世界。

晚上一到他就焦躁不安。周圍的空氣似乎充滿了惡意，隨時準備要聚攏過來將他緊緊攫抓住。像一張看不見卻堅韌無法掙脫的透明薄膜，把他封閉、隔離起來。只剩下他自己。不，剩下他和她的記憶。關於她略帶些偏紅光澤的頭髮。她也不曉得自己的頭髮爲什麼在陽光下看起來不是全黑的，會散發出誘人的光澤。誘他去想起手輕輕撫過她的髮絲時的感覺。那麼樣平順，如絲綢般。然而每一根頭髮卻又神奇地有著獨立的活力，每一根都快樂地、井然有序地，回應著他的撫摸。集體與個別的瞬間統一。他稱她的頭髮是民主的理想典範。於是他想起，她跑來的時候短髮在肩上與額前的飄動。他閉上眼睛以便讓她動作的速度緩慢下來。每一根瀏海都有自己的彈性，卻又絕對不侵犯其他頭髮的動態韻律……。

他知道他的世界可以縮小到只剩下她的瀏海。不可以這樣。不可以這樣。他必須強迫自己和世界連繫起來。她的瀏海以外，一定還存在著一個世界，他只是要找到一種方法抓住那個世界。

親愛的布希總統：

我從來不曾支持過你們共和黨。在昨天之前，我和共和黨唯一可能有的交集，就是大象是我小時候最喜歡的動物。我小學時讀過的一本書裡說，大象看起來笨笨的，其實牠們有著全動物界最好的記憶力。有一隻小象，很小的時候就被獵人抓走。獵人打死了牠媽媽，取走象牙，然後把小象關在籠子裡賣給馬戲團。小象在馬戲團裡被馴服了，學會很多表演的技能，而且長成了大象。幾乎過了二十年，馬戲團到英國南部的一個城市演出，演出前一天照例要在城裡最寬廣的街上遊行，作廣告宣傳。全城一半以上的人幾乎都擠到那條街上來，人群排了有十幾排那麼厚，而且一個擠一個，密密實實的。遊行到一半，這隻大象突然離開了大馬路，衝向人群。在一陣驚叫慌亂中，大象的鼻子把一個站在後排的人用力地捲了起來。你猜怎樣？牠找到了那個獵人！

大象的記憶力讓牠們老是可以在乾旱的季節裡找到水源。而且牠們力量很大又是群居動物。有時候到了一個舊水源地，卻看見地上完全是乾的。如果是別的動物，只好沮喪地夾著尾巴走開。大象不一樣。牠們會開始用牠們厚重得像橡樹般的腿挖土。你能想像幾十隻大象一起挖土是什麼壯觀的景象嗎？挖啊挖、挖啊挖，挖到水奇蹟般地湧冒上來。咕嚕嚕，咕嚕嚕的水，於是周圍幾里內的動物都聽到這魔術般的聲音，兼程趕過來。大象太溫和、動作又太遲緩，根本沒辦法阻止別的動物來分享牠們挖出來的水源。

所以只要有大象，就有很多動物可以依賴牠們而活下去！多麼了不起的動物，是不是？

昨天我在電視上看見你演說關於「世界新秩序」的主題。我必須說，你在電視上看起來很疲憊也很蒼老。看著你的模樣，我不由自主地感覺到強烈的反諷。你眞的想要一個新的世界嗎？你眞的覺得自己能夠適應，更不要說能去創造，一個新的世界嗎？你眞的相信這新的世界會有一種秩序，而不是新的混亂嗎？

在那一刻，我突然對你有了一種前所未有的同情，也突然對於柏林圍牆倒塌、蘇聯集團崩潰、冷戰落幕，有了新的感觸。你本來以爲打倒了一個敵人，是件多麼令人興奮的事，然而等到圍牆倒塌所揚起的灰塵終於落定時，你卻發現眞正最大最可怕的敵人，其實是寂寞。

蘇聯不見了，你和你的美國孤伶伶地站在本來屬於兩個人的舞台上。孤單寂寞會使你開始懷念蘇聯。你會愈來愈弄不清楚誰是敵人誰是朋友。只剩下孤獨與寒冷。

我看到你的孤獨與寒冷。決定寫信給你，告訴你我瞭解你的感覺……。

親愛的王教授：

我剛剛讀完大作《小說裡的中國》，忍不住要寫信給你，一方面表達作爲一個讀者的謝意，謝謝你用心寫了這麼一本精彩的書，另一方面也想趁機提供一點意見供你參考。

我可以感覺到你對三○年代那些「反封建」的小說強烈的不耐煩。你花了許多篇幅分析茅盾的《蝕》三部曲，指出了茅盾作品裡的種種矛盾與緊張；可是卻對巴金的《家》三部曲，一筆帶過。我完全同意你給這兩部小說的高下評價，不過我覺得你可能並沒有把這評價背後眞正的原則、標準講得夠清楚。

我自己不喜歡《家》《春》《秋》是因爲巴金的眼光不夠透澈。他只看到封建大家庭的毒害，卻沒有辦法穿透到愛情與婚姻家庭制度本質上的衝突，也就是茅盾所到達的境地。

封建家庭根本否定愛情，根本否定個人選擇的自由，這是巴金所看到、所抱怨的，可是愛情到底是什麼？以自由戀愛爲基礎的婚姻，又是怎麼一回事？我們必須抱歉地說，巴金顯然一無所知。我沒有認眞去研究過這兩位作者的詳細生平資料，不過從他們的作品中，我會猜測茅盾的愛情經驗一定比巴金要豐富精彩得多了。

愛情，那麼劇烈多變的情緒綜合體，從傳統束縛裡解放出來之後，到底要怎樣馴服？婚姻這種古老的制度還會有用嗎？還是另外某種其他的，像革命、組織或智識交流，才眞的能把慾望轉化成爲穩定的關係？……

親愛的李總統：

作爲一個台灣人，我必須嚴正地向你表達反對「國統會」的存在。沒有任何強權、沒有什麼樣的暴力威脅，可以逼迫台灣人民違反自己的意志，和中國大陸統一。就像一對曾經共同生活，但卻因個性不合而分手的夫妻，任何一方不能片面地以婚姻的存在爲藉口，強制另一方回去。即使是一個結過婚的女人，她也應該有權利選擇幸福，選擇離開，如果她明明知道那段舊婚姻只會帶來痛苦與折磨的話。

請你給台灣人一個選擇幸福、選擇離開的機會！

親愛的張主席：

聽說你最近收到中共的邀請，邀你去訪問北京以及山東。我也聽說你斷然拒絕了。我知道作爲一個在海外支持獨立運動的外省人，你的辛苦掙扎。雖然很少有機會直接和你長談，我對你總是抱持最高的敬意。

像你這樣的身分，難免會成爲他們統戰的優先目標。想到邀你回鄉探訪，顯然也是他們統戰作法的一大突破。不過，我的看法可能跟你周圍的其他朋友、這個陣營裡的大部份人，都不太一樣。我認爲你應該回去看看。不要接受他們招待，但應該利用機會進去。

我知道你支持獨立運動，一大部分是因爲你堅決反共。可是你看看，當年一起逃到台灣的那些人，剛開始的時候哪個不反共。可是慢慢地隔離久了，反共的那種對共產黨的恨意，就愈來愈微弱。沒有辦法恨您應該恨的人，是件最最痛苦的事。我知道這種感覺。明明應該恨他做了這麼多錯誤的事，可是因爲遠遠相隔，見不到罵不到打不到，連恨都會變得沒力氣，恨得空空洞洞的。而且，沒有辦法恨就會開始想念……

回去看看。你也許會更相信台灣永遠也不要和中國在一起。那樣你的信念才是眞的。

24 Panic and Hatred, Still……

親愛的信雄：

很高興收到你的信，雖然難免有點驚訝。我反覆讀了你的信，卻不免懷疑，你是不是把信裝錯了信封了。總覺得這信好像不是寫給我的。你信裡面提到中共想要在國際社會上孤立台灣的一種集體心理分析，實在非常精彩。你分析說，在極度孤獨裡，人會同時喪失現實感和歷史感，病態地狂熱於一些片段、去脈絡化了的記憶，更是深得我心。從美國回台灣兩年多了，我看到台灣現實浮面上的吵嚷，大家似乎都不肯靜下來看看周遭眞正在發生些什麼事。而且才幾年前的經驗教訓，一下子就被這個社會忘光了。朋友裡有人開始研究「集體失憶症」，可是另外有些朋友則不同意，他們認爲台灣現在才一步步在恢復記憶。他們喜歡舉「二二八」作例子，你看那麼多人談那麼多人注意，多熱鬧。失憶是過去極權制度的產物，民主開放同時會帶回來記憶權。這些比較樂觀的朋友如此主張。

在「失憶」與「拾憶」之間，我其實很困惑。讀你的信給我莫大的啓發。的確，單一的

「二二八」的記憶不能等同於歷史感。正如你說的，執迷於某個特殊過去事件，可能反而是歷史感的反面。我們不能用這樣討論「二二八」的方式重建歷史感。信雄，我必須說，你還是我們之中最敏感的歷史哲學建構者。

我希望你不要誤會，你的信對我意義重大。我只是不瞭解爲什麼信裡完全沒有提到任何你自己的情況、甚至也沒有問及我的生活。所以我有點困惑，在失去聯絡那麼久之後，收到這樣一封信。

就是這樣的困惑，讓我沒有立即回信。還好昨天我湊巧在台大旁邊的書店裡遇見了阿羅，阿羅說他也收到你的信。阿羅遠比我細心，他在你的信裡讀出一種苦悶。他說你在給他的信裡，講了很多美國最近對於自閉症的研究。你說你想將這些研究成果，加上集體行動邏輯的理論，用在對國民黨的分析上。可是阿羅很懷疑也很擔心，你怎麼會對自閉症這麼感興趣呢，at first place?這提醒了我，是啊，你給我的信裡也一再提到「極度的孤獨」，不是嗎？

阿羅和我共同的結論是，信雄，你在美國已經待太久了。阿羅的信你應該早就收到了，我跟他一樣，要誠摯地說：信雄，回來吧。信雄，是時候該回來了。我比阿羅強一點點的地方是，我認識一個人也許可以幫助你回來。以一種有尊嚴的方式回來。你如果有興趣的話，可以寫信到下面的地址……

25 Music and Mysteries

親愛的美枝：

妳好嗎？妳現在在哪裡在做什麼呢？我是吳信雄，妳還記得我嗎？我不但不知道妳在哪裡，我甚至不曉得妳是不是還叫美枝。妳那時候就告訴我，妳長大之後要去改名，妳討厭妳爸爸隨隨便便給妳取的名字。我記得妳那時候就喜歡看報紙，妳說妳在報上看見一位知名的女作家寫的散文，裡面說她去大學裡教書，拿到點名單就開始想每個名字背後，可能都含藏了父母什麼樣的期望。妳說妳眞想去問問女作家，美枝這個名字代表了什麼？妳說她如果夠誠實的話，就應該從這個名字看到妳爸爸那一副失望以及不在乎的樣子。反正是個女的！妳說父母不應該強佔幫子女取名字的權利。他們應該只取小名。阿貓阿狗小明小華什麼都好，只要他們覺得叫了順口。等到小孩成人時，十八歲十六歲二十歲都好，他們可以去登記自己眞正想要的名字。那才是名字。

妳還記得這些嗎？很久很久以前的事了。我如果沒記錯，那年妳才十二歲。我十八歲。

妳一點都不像十二歲的小女孩。那時候妳最愛讀的書是《神秘的百慕達三角》還有《唐璜的門徒》。我記得在你們家的頂樓上，我們坐在樓梯間高出來的斜蓋上，看著遠方機場起降飛機的各色信號燈。妳告訴我那些船隻怎樣神秘的失蹤，有的又怎樣在清晨或薄暮時分，悄然重現。船顯然沒有沉，但是船上所有的人都不見了。只留下一隻不會講話的貓。甚至連鳥籠裡的鸚鵡也沒留下來。鳥籠鎖得好好的。貓不會開鎖，鸚鵡自己也不會開鎖，一定是鸚鵡看到了什麼、學到了什麼會洩漏祕密的話，所以一併被帶走了。

妳還告訴我，鸚鵡其實很笨。教牠說會一句話，你可能得在鳥籠旁邊重複兩千次。想想看，一個人重複講兩千次「你好嗎」多蠢啊。顯然不只鸚鵡笨，連他的主人也會順帶變笨。可是如果在緊急、高度危險的狀況下，鸚鵡卻會被激發龐大的潛能，馬上模仿只聽過一次的聲音。有一個美國人養了一隻鸚鵡，有一天他進去午睡，把鳥籠留在陽台上忘了收進屋裡。想起來時去看，鳥籠門開著，鳥已經不見了。他以為鸚鵡聰明到打開門自己飛走了。過了幾天，那隻鸚鵡竟然回來了。渾身羽毛髒兮兮的，而且有一隻腳折彎了。主人馬上知道發生什麼事了，因為鸚鵡一看到他就叫：「抓牠的腳，抓牠的腳。」而且那聲調一聽就是後面巷子最調皮搗蛋的小男孩！

鸚鵡只聽過一次「抓牠的腳」，就學會了。一下子聰明了兩千倍。換句話說，鸚鵡眞正的潛力只有兩千分之一發揮出來而已。妳告訴我，其實人也是一樣，唐璜就教人家怎樣釋放其他兩千分之一千九百九十九的力量。如果這種力量能夠爆發出來！

妳都還記得這些嗎？經過快二十年了。我本來也不記得了，今天突然什麼都想起來了。

對了，我似乎應該先跟妳解釋怎麼會想到給妳寫信。說來話長，只好長話短說。我的女朋友最近離開我了，她一句話都沒說，突然就走掉了。她走掉以後，我變得很清靜很悠閒，也就有很多時間可以想很多事。這兩天，我想得最多的問題，是我到底愛不愛她。我一直以爲自己很愛她，可是那是在我以爲她不會離開我的假設情況下。錯誤前提下得到的結論，當前提的錯誤已經被證明了，這結論也就不再站得住腳。必須一併被推翻。這是我所學的邏輯。可是如果我不愛她，那原來那種感覺是什麼？

進一步我就問我自己，那我到底愛過什麼人？如果我得到確鑿無誤的愛，就可以拿來對照分析前提錯誤的愛。結果我才這樣問我自己，連猜都猜不到的，我腦子裡竟然立刻跳出妳的模樣來。

當然是妳十二歲時的模樣。我沒有足夠的想像力去揣摩妳現在的樣子。十二歲時，妳留著短短及肩的頭髮，整天穿著小學制服，白色有著蕾絲圓領的襯衫，外罩水藍色將近及膝的洋裝。左胸前的名牌，有一角脫了線翻翹起來。

看見妳十二歲時的模樣，我立刻明瞭了自己心底的秘密，一直到昨天以前，連我自己都不曉得的大秘密。原來妳是我這一生初戀的對象。我寫到這裡，難爲情得全身燙熱起來。一方面覺得自己好像一個患有戀童癖的糟老頭，另一方面又覺得自己好像一個幼稚無知的高中生。

就是這種窘迫的感覺，讓我從來不敢對自己、更不要說對任何其他人，承認這段經驗。

我從來沒有聽說過有高中男生去愛上小學還沒畢業的女生的。愛情的啓蒙好像都有一個成熟的對象。豐滿飽含女性媚態的女店員，歷盡滄桑卻溫柔甜膩的裁縫師，要不然就是母性盈溢的隔壁新婚主婦。這些才是我們一般認爲高中男生會去慕戀的對象。

經過了這麼多年，歷練了那麼多眞眞假假、虛虛實實的分分合合，我才終於有勇氣稱呼妳爲我的初戀，甚至更勇敢一點，我想稱呼妳爲我的最愛。我覺得應該寫這封信告訴妳，這段深藏在我靈魂最深處的神秘傳奇。

我怎麼愛上妳的呢？我問我自己。我記得和媽媽去妳家。那時候妳祖母還跟你們一起住。妳祖母是我外婆的妹妹，應該是這樣的親戚關係吧。我們其實不常見面，滿生疏的，也沒有立刻就熱絡起來。

到了接近晚飯的時刻。妳媽媽熱心地蒸包子，妳興奮且好奇地在廚房及客廳之間跑來跑去。蒸籠打開的那一剎那，妳又踮腳尖又叫又跳要看包子蒸好的樣子。妳幼稚的臉上露出不可置信的表情，「怎麼會變那麼大？怎麼變那麼大？」妳問。顯然妳還不懂發粉發酵的化學變化。

妳媽媽不太耐煩地趕妳走，她什麼都懶得跟妳說，我有一點點同情妳。一個大女兒，底下有兩個弟弟，沒有人在乎妳要什麼，他們只在乎妳是不是像個十二歲的姐姐，能夠給弟弟們多少照顧。不用等到妳告訴我，我當然就感覺到了。可是我實在不知道怎樣跟像妳這樣的小學生談化學。那時候，在我眼裡，小學生，不管是小學一年級或小學六年級，簡直就和我們不屬於同一種生物。

很抱歉這樣說，不過那是事實。妳再聰明、讀再多大人的書，妳都不可能瞭解一個高中男生的想法。我們通常生物都學得滿爛的。化學也不好，生物和化學都學好的人，就可以準備去考醫科了。不過妳曉得，這種人很少的，每一個時代都不可以有太多人有資格當醫生，對不對？不過我們對生物學裡的一項定義，卻熟記在心，不，熟記在荷爾蒙裡。

界門綱目科屬種，生物界的分類架構。而「種」的定義，我們的生物課本教我們，就是能夠自然交配複製後代的個體。難怪我們覺得孤單，難怪我們覺得這世界充滿了異類，我們這些高中男生。因爲社會習慣影響到我們的生物認知。我們的本能成熟到想交配，想要尋找同種的夥伴，可是卻到處碰壁。到處都是社會告訴我們不能或不應該去交配的對象。而且不像別的動物，青春期中自然就會得到吸引異性的材質，例如氣味、顏色、羽毛、肌肉或佔到一個可以築巢的位置。我們什麼都沒有。沒有人是和我們同種的。

小學生，有點像小老鼠，麻煩、嘈雜，卻老是出沒在生活的角落。如果肯乖乖地被養在籠子裡，我們會發現他們其實滿可愛、滿逗趣的。我們會願意在籠子前觀察他們三分鐘或一小時，然後就徹底把他們忘掉。

不過妳是隻拒絕被忘掉的小老鼠。讓我很意外的，是我媽媽用我不曾聽過的甜膩聲音，跟妳解釋包子的變化。我媽媽講的當然不是化學，而是某種童稚的行爲科學。「包子一顆顆在那裡很無聊啊。它們要『擠燒擠燒』所以就都擠在一起，愈擠愈燒，愈燒愈擠。」媽媽一邊講，還一邊把妳拉到她身邊，緊緊摟住妳，直到從妳身上擠出一連串吱咯吱咯快樂的笑聲。

我驚訝地看著我媽媽。她從來不曾這樣對待我和妹妹。也許就因爲這樣的意外，我連帶地開始懷疑妳這個小女孩是不是有什麼奇特的魔力。然後，猝不及防地，妳突然衝到我身邊，把自己擠在我坐的椅子留下的一點點邊緣空間裡，快樂地說：「擠燒擠燒！我們也要擠燒擠燒！」猝不及防地，妳柔軟的身邊的擠壓，加上妳的笑聲，帶給我那麼大的、內在的、無法形容的愉悅。

這是個開端。應該就是。

晚上我隨妳到頂樓上。我掏出深藏在口袋裡的煙來。好像同時也掏出了沒有防備的另一個自我。妳告訴我妳的祕密。妳相信存在著另一個時空，跟我們這個時空交疊摺在一起。彼此互貼著，像色紙的正反兩面。而這張色紙摺成了一個非常複雜而奇異的形狀。我們通常都在色紙的這一面，可是不小心走一走，會經過一些破洞，我們就跑到另一面去。妳很希望找到這些隱藏的破洞。如果找不到，妳就要存錢到百慕達三角洲去。

妳一邊講，我一邊用煙頭在空中比劃著。近乎無意識的。直到妳問我我在幹嘛。紅紅的煙頭燒出某種奇特的韻律。妳感覺到了。那是圖畫嗎？妳問。不，那是貝多芬第六號交響樂的第四樂章。激動的雷雨轟轟然而來。這一部份是小提琴，描述著天空烏雲快速的移動變化。底下這一部份則是大提琴的樂譜，地面受到震動而產生的反響，好像把整個世界放進一個無窮大又極度逼仄的獸穴裡，顫抖靜聽被攪擾的野獸怒意的低沉吼聲。然後這裡還有忙碌的定音鼓。我試圖在空中畫出我剛記得的總譜。

然後妳如此專注地凝視其實全無一物的空間。專心到我忍不住問妳：「妳看到樂譜了嗎？」妳說——完全出乎我預料，然而如此眞實而誠摯，如此讓我無法阻止自己跌入對妳的愛裡——「我聽到了音樂。奇怪的音樂。好像一座在暴風雨中熊熊燃燒的森林。所有的鳥隻激動的悲鳴。牠們急於從大火裡逃離，卻發現自己的翅膀油脂正迅速被大雨溶解，隨時可能掉回火裡。牠們用全生命的力量在哀求，應該是哀求你吧，熄掉吧熄掉吧，熄掉你那吞噬人的火焰。暴風雨已經夠慘了，不要試圖用火焰抵消暴風雨。你知道那是沒有用的。」……

對不起。我不應該再寫下去了。我也不可能把這封信寄出去。我不知道自己在說些什麼。這當然不是妳說的話。這是那個逃離我的女人說的。她似乎決定回到暴風雨裡。可是我的煙頭火焰卻怎麼也熄不掉。熄不掉。

對不起，我寫了這樣一封莫名其妙的信。我該把它撕掉的……

26 Mysteries and Mistress

……許明德的競選總部一直面臨著整合的問題，以至於遲遲無法有效運作。據深入瞭解總部情況的資深民進黨人士分析，至少有五股勢力在這兩個月內前後進駐許總部。一股是許明德流亡在海外時期的親信們，第二股是黨中央，第三股是以美麗島系為主的島內地方山頭，第四股是為了要效法陳水扁選戰勝利方程式而去招募來的年輕學運健將，第五股是激進的台獨團體及地下電台……

老同窗，老同窗，我告訴你，發生這樣的事眞的不能怪我們。其實我們和你們一樣是受害人，人家都會以為是我們這邊搞的鬼。這眞是冤枉啊，冤枉，一千個冤枉一萬個冤枉。你這樣問我，我眞的是啼笑皆非。你不知道這是怎麼回事，可是你卻認定我一定知道，偏偏好死不死我還眞的知道！

老同窗的交情，我不想、我也沒有道理要瞞你什麼。可是我會知道這事的內幕，完全不是你想像那樣的，眞的不是，這個你要先相信我才可以。

這樣說吧，這樣說你大概會比較容易相信我，我其實很明白你為什麼急著要問我這事的內幕，你不是真的在乎你厭惡的國民黨到底是不是玩了些什麼不光明的手段，刻意去毀謗你們陣營裡兩位明星級人物的名譽，你有更要緊的私人理由，對不對？

不要作出那麼誇張的表情嘛。我們之間本來就是私人關係。私人到我可以拆開你公共公開一面的表情，直接看到裡面私人的一層。像你現在這樣的表情，我高中時代就看過了，一模一樣的，二十幾年沒改變的。那是我們在準備合唱比賽的時候。我們班上個子最小，最常被取笑作弄的阿邱，突然之間變成了英雄。因為他有一個表姊唸實踐家專，鋼琴彈得很好，而且人長得又高又漂亮。

那時候，班上每個人都愛死了我們的伴奏。分部練唱時，大家找各種藉口溜走，有人甚至就大剌剌地在球場上繼續玩他們的鬥牛，理都不理各部負責人的威脅利誘拜託恐嚇。可是到整合練唱時，大家都乖乖留下來了，而且既賣力又不在乎錯過晚飯時間。為什麼？因為有美女來伴奏。

你是指揮，對不對？本來你很危險，因為你的身分特殊，總覺得在唱歌的時候，指揮和伴奏之間有一種特殊的連繫。我們那時候開玩笑說，你如果敢對美女有什麼非分舉動，大家一定聯手起來扁你。我是開玩笑的，不過我覺得有些其他人不是開玩笑的。

你其實也是天天流口水啦，對不對？可惜人家美女從來沒有給過你任何稍稍善意一點的表示。我記得我們大家都放下心來的那次經驗。不只是放心說你沒希望把美女搶走了，而且放心說不必掙扎到底要不要揍你。那次我們第一部加強練習，因為有幾個高音部份不好唱。其他兩部在外面打橋牌打拱豬。你跟我們一起。你心血來潮加入我們的練習。不過你百分之一百高估了自己的音高上限了。有一句唱完，我們的美女突然停下來，很不高興地說：「你們裡面有一個人走音了，走得很厲害ㄟ。」

一聽到這話，你就作出那個表情，老同窗，我看得再清楚不過了。你那個表情表面是極度的驚訝，好像正在善盡指揮的責任，說：「誰走音了？怎麼會有人走音走到很厲害的程度？」然而，然而，事實上，我那一刻馬上就明明白白，那個表情私下是在懊惱，說，「糟糕，你怎麼會知道？糟糕，我怎麼被這樣羞辱了？」

我怎麼會知道的呢？這一點點都不神秘。我一定要、非得要、忍不住要重複這句這麼重要的話。這一點點都不神秘。我看到你那樣緊張、神經兮兮的樣子，我就想笑。什麼神秘都沒有。拆穿了簡單到極點。你一定聽過螞蟻的故事對不對？有三隻螞蟻走在一起。第一隻說我後面有兩隻螞蟻。第二隻說我前面有一隻螞蟻，後面還有一隻螞蟻。第三隻也說話了。牠說我前面有一隻螞蟻，後面還有一隻螞蟻。

這故事到底是怎麼回事？看起來很玄妙對不對？其實最玄妙的事情是，哪裡跑來三隻會說話的螞蟻呢？而且無聊到去說我前面有螞蟻，我後面有螞蟻。可是聽故事的人不會想到這個。這才是最神秘最荒唐的盲點。每個人聽了都在想，這三隻螞蟻到底是怎麼走的。直著走，繞著圓圈走、肩並肩走。結果答案是什麼？你知道嘛，對啊，第三隻螞蟻在說謊。於是一點點都不神秘了，對不對？

再考你另外一個，這個棒的。如果你是個公車司機，把車子從總站開出來，現在要仔細聽囉，準備好了沒？第一站上來三個人；第二站上來三個人；第三站上來一個人下去一個人；第四站上來五個人，下去三個人；第五站上來一個人，沒有人下車；第六站沒有人上車，卻下去了六個人；第七站沒人上車也沒人要下車；第八站是終點站，所有的乘客就統統下車了。

你知道我要問你什麼嗎？哈哈哈，從你的表情我就知道你沒聽過這題目，這題之棒的。親愛的老同窗，能不能請你回答我：這位公車司機到底是男的還是女的，又大概是多大年紀？

……別這樣，有點幽默感嘛，大人者不失赤子之心嘛、老同窗大人。其實我給了你百分之百、充份的資料去猜這位對工作感到煩躁、一直希望能夠找到更多刺激，卻又不得不回到駕駛座上開車的司機的性別及年齡。……沒關係嘛，隨便猜猜嘛，反正沒有損失，完全沒有損失，再聰明的人，像我們祕書長，他也猜錯。

女性，三十歲？哈哈哈……老同窗，我覺得你把我們的智力測驗成功轉型成心理測驗了。嗯……其實也滿有道理的。你現在的心情，你恨不得自己變成一個三十歲左右的女性。這樣你就可以明瞭你的情婦到底在想什麼了，哈哈哈……

這問題一點也不神秘，我一開頭就說：「如果你是個公車司機」，不是嗎？其他都是煙幕。只有這句話是扎扎實實地站在論述的地球表面上，其他的，都在雲端。你兩年前批評我們的話，你自己還記不記得？在一篇談台灣「後現代文化」的文章裡，你寫一寫，忍不住就扯到我們國民黨頭上來。你們其實都一樣，這些「反對派」「異議份子」。你們講什麼、寫什麼，萬變不離其宗，沒話講了就扯到國民黨：想要在文章裡多增加一些驚歎號，就扯到國民黨；寫著寫著不曉得該怎麼結尾了，就扯到國民黨：該講的都講完了，雜誌，你們那些自己寫自己發行自己讀的雜誌，篇幅卻還沒塡滿，於是就扯到國民黨。我是國民黨，我就是國民黨，可是我從來不知道自己這麼無所不在。你們讓國民黨無所不在。你們一直都沒有超脫小時候作文課、演講比賽的經驗。不知道怎麼辦時就喊「反攻大陸」。你們現在不知道怎麼辦就罵國民黨。

你講「後現代」，寫了一大堆，我看得都睡著了，然後突然、突突然、突突然然，就來了一句讓我醒過來的話。你說：「國民黨一直都是後現代的信仰者，雖然他們永遠弄不清什麼是後現代。國民黨相信現實是用論述去搭建起來的，論述可以取代一切，論述就是一切。他們不但失去了現實的根，連一般論述所站立的地球表面，他們都不再能夠接觸。論述架在論述上，一層層疊上去，結果使得他們的一切都浮在雲端上。」大概是這樣的文字，對不對？我記得了。

我明明說如果你就是那個公車司機，結果你辛苦地在猜自己到底幾歲、到底是男還是女，最後還猜錯，完全猜錯。這就是這個遊戲有趣的地方，對不對？看起來那麼神秘，一連串的數字。甚至可以想像成一個荒蕪冷夜裡，最後一班公車開出來，乘客們靜靜地上上下下，像影子像鬼魂像夢幻錯覺，就是不像人。我有一次不小心，因爲根本沒有在想，就讓下車的人數多過了車上剩下的乘客。明明只有三個人在車上，卻下去了五個。我的朋友，一位年輕、沒禮貌但是又膽小得很的女記者，認眞地在算數字，她一定發現這奇怪的負數，三個人在車上卻蹦蹦蹦蹦蹦下去了五個，那是什麼樣的詭異現象？她一定很吃驚。可是她竟然沒有抗議，沒有發問。因爲她以爲那正就是這個公車故事眞正的重點，某種神秘的事情在世界無可名也無可名狀的角落發生著。她的心跳一定陡然地加快了。不只這樣，還有下一站。我告訴她，上來了四個人，下去了一個。她完完全全、徹徹底底、百分之百困惑迷惘了。在數字與想像的動作之間，有些無法調合的差異出現了！

這四個人上車之後，車上到底應該變成有四個乘客還是兩個？數學告訴我們：負二加上四應該等於二。可是常識卻告訴我們，一輛空車上來四個人應該就是載了四個乘客。數學還是常識，才能提供正確答案？還有，還有那個下車的人。數學就是把他減掉。然而常識卻會說：不對啊，這車上已經沒有乘客了，那個下車的人只能是在同一站才剛上來的。一個上了車，車還沒開動又匆匆忙忙跑下去的人。他爲什麼要這樣做？難道是因爲他看到那些不應該存在卻又沒有眞正離開的負數的人、人的負數？這輛車愈來愈神秘了，愈來愈不可解，然而也就因此似乎有愈來愈多的故事與問題，在終點站等待著。

哈哈哈……意識的盲點可以製造出神話，也可以製造出恐怖故事來，你懂我的意思嗎？老同窗。

……老同窗，你這話就不對了，我怎麼會要吊你的胃口呢？我們認識多少年了，二十幾年了不是嗎？我怎麼會要吊你的胃口？這就是我講話的方法啊，難道你眞正不瞭解嗎？

這是你的問題，也是我的遺憾。我跟你一起長大，我很瞭解你，瞭解你最好的和最壞的部份，老同窗。你這個人，你做的每一個表情，總是同時呈現你最好和最壞的。表面最好的，私底下最壞的，都會如此無可名狀地，辯證地整合在同一個表情、同一個反應裡，這就是你，吳信雄，我的老同窗，最特別的人格特質。

我這麼瞭解你。如果我不是破例喝了這麼多酒……你知道我們總部最近下了禁酒和禁菸令，你知不知道？禁酒是怕那些年輕小鬼沒防備把一些不該講的話都講出去。現在人心險惡。我們國民黨的那些年輕人都是乖乖牌。現在那些記者，報社的電視台的，連二十幾歲大學剛畢業的小女生，都多會喝酒你知不知道？不是我毀謗他們，喝酒好像已經變成他們職業必備訓練的一部份了。更不要說你們黨外那些學運痞子們，從小喝到大的。整個大學時代根本都泡在酒缸裡。他們，記者啦痞子啦，當然喝不贏我們這種人，可是他們多精啊，專門對付我們的乖乖牌青年才俊，你知不知道？

我們最擔心的是什麼你知不知道？最擔心就是好不容易提拔一個三十歲左右的少年仔上來，給他一個位子，讓人家知道國民黨不是老人黨，不是你們那些痞子說的「壽斑權力黨」——臉上有幾顆壽斑就可以得到多少權力——我們是外表成熟穩重，心裡卻永遠年輕，我們怕的就是一有這種人被拔舉了，記者馬上就把他團團圍住，帶他去台北俱樂部聯勤俱樂部來來十七樓晶華二十樓，讓他花錢開一打紅酒。你以為這些領死薪水的記者為什麼一個個對法國五大酒廠名稱倒背如流？不只是紅酒，不只是一打紅酒，不只是一打法國紅酒，不只是一打法國波爾多紅酒，你清楚嗎？是一打法國波爾多五大酒廠的高級紅酒！記者們拚命喝，你知道的，台灣吃「包肥Buffct」吃回本的那種方式拚命喝，而且拚命勸我們的青年才俊喝。和記者在一起時，紅酒不是唯一，甚至不是主要的迷湯。一邊喝他們就一邊給你一堆教訓、一個美夢。再聰明再努力沒有用的，如果你不曉得怎樣在媒體上找到位置，這是教訓。美夢是媒體會給你最多最速成的權力，想想看我們大家一起拱你，每個人每天讓你輪流上報上電視上天下上遠見上李濤的節目，你就紅了，你知不知道？紅了。紅了，這是我們這個時代最流行的咒語。你紅了，聰明才智與努力才會有用，才會顯露出來。有個記者會叫你先乾一杯，然後他要發表一篇讓你一生受用不盡的文明比較論。你乖乖乾了，發現窗口一幅複製的馬蒂斯畫作中，那些手牽著手的人開始左右搖移，順著清楚的節拍，順著你的脈搏跳動的節拍，好像下一秒鐘就要開始他們的狂歡祭舞。旁邊還有一幅梵谷的向日葵，則好像把花蕊仰高了一點點。於是你知道了，一定是阿波羅太陽神和戴奧尼賽斯酒神，要在這個小小的空間裡升起決鬥。兩種文明的主題衝突。

錯了，錯了，記者沒有要跟你複習希臘文化。他告訴你媒體像是戰國時代的中國，政治卻像傳統保守的日本。怎麼說呢？戰國時代有一個故事說，錐子裝在袋子裡，遲早會露出尖刺來。可是日本的諺語卻說，凸出來的釘子總是會被榔頭狠狠地錘下去。你如果眞的是青年才俊，就要選擇在媒體出頭。

另外一個記者又要你先乾一杯，然後他要教你一生受用不盡的政治戰略。你忙不迭地乾了。他說眞正的政治，聽好了，眞正的政治玩家，不理會明顯的敵人、拉攏潛在的敵人、提防潛在的朋友、重擊明顯的朋友。而所有這些不理會、拉攏，提防、重擊，都是在媒體的領域裡操弄出來的。再一個記者命令你馬上再乾一杯，因爲他對這個戰略有會讓你一生受用不盡的補充。你乖乖地乾了。舌頭開始膨脹，好像已經把嘴巴擠得滿滿的，一直要脹到外面來。他說眞正的秘訣很簡單，第一、講大家都在講，卻不敢對記者講的話。第二、講大家都想講，卻不敢講出來的話。第三、講大家都想聽，卻不敢自己去講的話。第四、講管他有沒有人愛聽，反正只有你敢講的話，就這麼簡單，媒體其實就這麼容易應付，聽懂了嗎？

立刻又來了一個記者，當然還是要你先乾一杯。他本來打算讓你乾三杯的，反正你已經進入酒神的祭典裡，進入了神往失魂的境界，退化成爲說一動做一動的入伍新兵了。不過他擔心三杯喝完你會完全講不出話來，所以寧可暫時保守一點。先乾一杯，他要講一個讓你一生受用不盡的歷史教訓。乾啦。聽說過《歷史的終結》沒有？一個姓日本姓卻叫美國名字的人寫的書，這位記者他們報社的關係企業出版的中文翻譯本，因爲錯估台灣市場對歷史的興趣，多印了幾千本，只好用三折低價半拜託半強迫記者們捧捧場。那個姓日本姓的美國人說，民主會終結過去歷史的變化。革命啊什麼的，共產主義啊什麼的，統統都結束了。歷史的終點就是民主、資本主義。可是那個姓日本姓的美國人沒有看到沒有說的是，民主、資本主義眞正的老闆就是媒體。媒——體——。毛澤東，你知道這個人吧，當年爲了要鬥劉少奇，特別去發動了「文化大革命」。對不對？這是中國的悲劇，也是毛澤東的悲劇。他爲什麼需要去號召那麼多小鬼出來打砸搶，製造那麼多的破壞？因爲沒有媒體。以毛澤東的煽動天份，他想都不必想就可以做到剛剛前面說的四大秘訣，他可以完全控制住媒體，讓記者爲他抓狂，總編輯爲他抓狂、主播爲他抓狂、報老闆爲他抓狂、廣告代理商爲他抓玨……劉少奇就瞬間灰飛煙滅了，還會有什麼權力？悲哀的只在於毛澤東那個時代沒有媒體，於是只好流血。從過去的悲劇我們看出時代的進步，而時代是誰的呢？時代是誰的？

到這個階段，我們的青年才俊「擋不著」了。他的腦袋裡裝了太多東西、他的舌頭又太大了，非得發洩一下不可了。他開始站起來慷慨激昂地回答最後的那個問題：「時代考驗青年、青年創造時代！時代是我們的！」其他記者們則應和地在背景齊唱：「時代在考驗著我們、我們要創造時代，革命的青年大家一起快快來！」

然後呢？然後我們就會在第二天的報紙上看到奇奇怪怪關於國民黨的種種傳言，然後我們部門又有好幾天要改名作「更正工作部」，到處發更正、否認信函，要求人家「依照新聞公平原則，惠予全文刊登」。

唉，我們怕透了這種事。不過還不只這個。我們也怕你們那些學運瘋子。怕他們來把我們的青年才俊拐去什麼阿才的店什麼三十三間堂甚至就是基隆廟口的奶油螃蟹攤。這些台獨份子當然只喝台灣啤酒，頂多加可果美番茄汁。他們跟記者相反，很阿莎力，不會讓國民黨付錢請他們喝酒，他們寧可自己來貢獻公賣局。

喝到第二打酒之前，一定會有人提起來大學時代的一輛破落的發財車。哪個人家裡開雜貨店廢棄不用的車。然後一定提起有星星的夜裡，車子開在往淡水的路上，幾個人，男生女生都有，並排躺在發財車後面。其中一定有一個人忍不住用母語大聲叫出：「咱台灣的月、咱台灣的星！」然後另外一個人握著拳頭說：「我們要讓下一代，我們要保證下一代可以看到更多星星。」然後一定是沉默、一定是沉默中的感動。

到了淡水之後，在靠近淡海的地方搧海風。大家繼續看星星，然後此起彼落開始嘲笑一切。嘲笑講稿總也不換的老教授。嘲笑打領帶拎００七手提箱來上課的年輕教授。嘲笑教官。嘲笑校門口的自助餐廳。嘲笑蜜餞店的老闆娘和冰果店的小姐。嘲笑爲了要交女朋友而去參加團契的同學。嘲笑爲了怕當兵時吃苦而去參加國民黨的同學。嘲笑不知道哈伯瑪斯是誰的學長。嘲笑還在引用胡適的學長。嘲笑老是在追女生的誰誰誰。嘲笑老是被男生追的誰誰誰。嘲笑誰誰誰看起來像個同性戀。嘲笑誰誰誰老是覺得別人都像是同性戀。嘲笑哪個女生老是愛上同性戀的男生。嘲笑哪個女生老是愛上花花公子型的男生。嘲笑哪個女生沒有眼光不接受誰誰誰的愛。嘲笑哪個男生離開了誰誰誰，去跟那個又醜又兇的誰誰誰在一起……

講到這裡，一定會記起來有人開始哭了。想起剛分手的男友或女友。而且哭泣是會傳染的，從這個人傳染到那個人。每個人都找到一些理由可以哭。一些年輕的創傷與秘密。有人開始講被爸爸打耳光的故事，講到哭了。有人開始講回家去跟爸爸講關於改革、關於學運的事，爸爸什麼都聽不懂，可是要走時，爸爸反常地堅持要幫他提行李，很重很重的行李，爸爸說：「你現在是重要的人了，爸爸只能幫你提行李。」講到哭了。有人開始講小時候因爲沒有送中秋節禮物，被老師莫名其妙罰站的故事，講到哭了。有人開始講高中的時候和媽媽上街，完全無法和媽媽溝通，被媽媽強迫買了一件醜死了的衣服，花光過年存下來的壓歲錢，氣得躲在街角暗自反覆地罵：「我恨妳我恨妳我恨妳……」講得哭了……

突然之間，大家都在哭，哭得稀里嘩啦。結果驚擾到旁邊營區裡的阿兵哥。毫無預兆地，一片探照燈的強光捲襲過來，有人大喊「趴下！趴下！」來不及拭淚，大家亂成一團在沙地上打滾，燈光掃過去，又毫無預兆地熄滅了。四下恢復黑暗。突然有女生尖叫起來。啊——怎麼了？怎麼了？出了什麼事？糟糕了怎麼辦？……結果你猜是怎樣？原來是大一新生學妹覺得這一切實在太刺激太興奮，大學生活遠超過她在高中時最狂野的想像，終於忍不住快樂地叫起來、笑起來了。大叫大笑也是會傳染的。從這個人傳染到那個人。所有的人都狂叫狂笑，不顧再一波的探照燈光如何威脅地投來，開始在沙灘上奔跑翻觔斗，甚至正對著燈光舞蹈，那時候正流行的機械舞，像木偶般輪流讓肢體一節一節通電挪動……

還沒完、還沒完。哭過也笑過了之後，又一定會有人彈著吉他，用近乎職業性的歌喉，開始唱歌。唱什麼歌呢？當然不會是我們救國團教的那些歌。起頭要先唱「國際勞動歌」對不對，然後一定是美國六〇年代的反戰歌曲一首首從叔叔伯伯的箱底挖出來。每首歌背後都有一連串的故事。會有一個英文學得最好的研究生學長，一邊解釋著歌詞和故事。這首歌講的是一個死在越戰的士兵，鬼魂依依縷縷地回到故鄉來。這首歌講在路上看到一個黑人倒退著走。他爲什麼要倒退著走？因爲有好幾股強大的水龍不讓他前進，他回過身來用背部抵擋水龍的衝擊。可是他不屈服。他要幹嘛？他要去哪裡？他只是堅持要進到一家白人開白人進出的小店裡，去買一個多拿滋，喝一杯咖啡。這首歌講一對青年男女在做愛。他親吻她的乳房、她握住他的陽具。牧師跑過來叫他們分開。父母跑過來叫他們分開。政府跑過來叫他們分開。他們拒絕分開。他們還是在做愛。他把陽具塞進去。國防部的官員跑來，交給他一把槍，說那才是他眞正的陽具，要他到越南去。他們拒絕分開，他們還是在做愛。一直到天亮太陽出來……。

阿才的店，狼藉的啤酒瓶。我們的青年才俊已經去廁所裡吐過兩回了。他身體裡的睪丸酮素及腎上腺素，從來不曾到達這麼高的水平。他現在只想回到大學裡，和這些人一起哭一起笑一起唱歌詞裡又有陽具又有乳房的歌。徹底失去了敵我意識，也徹底失去了自我意識。

在選戰中，有比這個更恐怖的威脅嗎？所以我們總部下達了嚴格的禁酒禁菸令。都是記者和你們那群學運台獨份子害我們不能喝酒的。至於不能抽菸，那我們就比較沒什麼好講，沒什麼好抱怨的了。我們自己的主席在電視廣告裡大講特講怎樣用意志力戒菸，我們就不方便在人前大搖大擺地繼續抽菸了，你說是不是？其實，我對禁菸禁酒本來就沒什麼好講、沒什麼好抱怨的啦，反正我又不抽菸，反正混到我們這種年紀、這種地步，難道一點酒就會讓我們變回無知、天眞、十年前的青年才俊階段嗎？

我只是想要告訴你，老同窗，有些話如果不是喝了這些酒，我不會要告訴你的。如果我不是喝了這些酒，我還是會說：「我這麼瞭解你。」我還是會說：「這是你的問題。」可是我絕對不會說：「這也是我的遺憾。」我不會告訴你我遺憾什麼。

我遺憾什麼？我遺憾我這麼瞭解你，老同窗，你卻從來不曾相對付出努力瞭解我。你竟然會懷疑我在吊你胃口，我是這種人嗎？你竟然和所有其他的人一樣，以爲我故意在吊人胃口，我是這種人嗎？

我遺憾什麼？我遺憾我自己最大的長處同時也是最大的短處。最大的長、最大的短，這好像有點不通喔，而且好像還有一點色情的影射，哈哈哈……不管長短都是最大的，哈哈哈……反正我的意思就是，每一個碰到我的人，都會被我說話的方式吸引著，他們會一直想聽一直想聽，像一場精心設計又充滿驚喜的遠足一樣。本來以爲就是要去白雞山，結果先繞到養樂多工廠去喝一瓶養樂多。又在人家的水果園裡停下來每個人偷摘一顆酸酸澀澀的小粗梨。果園旁邊還岔出一條路，通到可以撈螃蟹的小水溝，讓大家把鞋統統弄溼。然後走一走下起雨來躲進廟裡，又可以在神桌底下藏起來玩囝仔標。一層又一層，看似獨立卻又彼此關連，看似隨意隨機，卻又彼此呼應，最後走完了回到家時，你必定必然在睡夢中都還會微笑著，忘不了白雞山之旅。

我遺憾什麼？我遺憾像我這樣的人才，像我這樣世界第一的講話風格，走到哪裡都會成爲焦點中心，一定不可能被忽略被遺忘，可是偏偏有兩個地方我吃不開。如果不是破了酒戒喝了這些酒，我不可能告訴你我的罩門我吃不開的地方，你又永遠不可能用我瞭解你的程度來瞭解。我，我簡志揚對我的老同窗吳信雄於是就會成爲一個謎、一個疑惑，你會永遠聽不懂我講的話含藏了多少對你有幫助的暗示明示，你永遠搞不來到底應該怎樣打擊我，你還永遠弄不清楚我在執政黨裡爲什麼沒有爬得更高沒有讓你們反對黨更頭痛。你會永遠在白雞山上的霧裡迷路回不了家。

我遺憾我還是會忍不住向我的老同窗吳信雄這樣剖白我的遺憾。我遺憾我的長官們，他們從來沒有時間沒有耐心沒有智慧聽我精采的說明。在我們黨裡，語言的使用方式是很特別很特定的。怎麼才能讓你明白呢？講我實際的經驗吧。最近選戰會報每個禮拜開，我每個禮拜都會參加。我現在還要兼做總部發言人的秘書的工作，要替他作記錄，然後把會議內容再濃縮整理，條列出來好在記者會上宣佈。做記錄當然難不倒我，尤其以他們那些大老大頭目講話的速度，我一邊打瞌睡都還能一邊把他們的咿咿啊啊這個那個忠實照錄。兩個半小時三個小時的會議終於開完了，我攤開我的記錄本，開始抓重點，重點一，主席指示要讓選戰組織年輕化、靈活化、戰鬥化；重點二……麻煩出在「重點二」糟了糟了，我翻來翻去找來找去，你知道怎樣？我翻來翻去找來找去抓不出一個「重點二」來。你瞭解我意思嗎？兩個半三個鐘頭會議上講的所有的話裡，沒有一個「重點二」，幾乎每句話每個字，都是主席指示的「重點一」的重述、解釋、引申、發揮！

不過老同窗，你不要誤會，你不要露出那麼同情我又那麼幸災樂禍的表情，我喝了這些酒，我可百分之一百、千分之一千沒有醉。你以爲我在批評我自己的黨嗎？那你就錯了，大錯特錯了！我們的黨會發展出這種使用語言的方法，是有它的歷史性、功能性、合理性、合法性和合情性的。一個黨存在快一百年，一個黨從十九世紀就在領導中國，這種歷史不是你們可能體會的。你們很急，你們恨不得趕快把想到的話通通講出來，那是因爲你們不知道自己還會存在多久，你們沒有安全感沒有自信下一分鐘下一小時還有沒有機會繼續說話。我們都很清楚很明白明天我們在、明年我們在，下一個世紀我們也還在。時間尺度不一樣，你懂不懂？

而且想想看我們的黨多大！這不只是政治實力的問題，當牽涉到語言時，就變成數學問題了！我記得你的數學向來不是很好，我就講得簡單一點好了。兩個人彼此講話會形成一種關係。三個人呢？增加成兩種嗎？不對，會變成四種，甲和乙、乙和丙、甲和丙，還有甲乙丙三個人一起。再多一個人變成四個人呢？那變化就更多了，一口氣增加到十一種。我們的黨那麼大，人那麼多，如果大家都可以自由發揮、隨便講話，那講出來的話、流傳的耳語，會有多少你想想看？會把所有的黨紀黨綱都沖垮，甚至把台灣淹沒掉都有可能你曉不曉得！所以我們必須控制語言衍生的速度和廣度。所以我們的長官們不會有耐心聽我講我要講的。也不會給我空間用我擅長的方式講。

我遺憾什麼？我還遺憾另外有一群人，也沒有耐心讓我發揮我一流的講話風格。那就是電視台扣應節目的主持人、製作人、導播、現場指導。他們老是要一句話、兩句話，不能離題、不能從頭說起、不能旁徵博引、不能迂迴曲折、不能從A地出發，先繞到B地，爲的是只有這樣才能在不知不覺中忽地闖進了目的地C地的後門，看到了原本直直走前門看不到的內在風景、深奧道理，不行不行，他們不讓你繞路。

很謝謝你，今天竟然這麼有耐心。耐心。一定有報償有代價的。繞了那麼多路，我把自家的後門都敞開來對你開放了，你瞭解嗎？講了那麼多，就是要讓你明白我對我的老同窗絕對不會耍手段不會隱瞞的。你從我家後門走進來，你就會看到我家裡絕對沒有藏著任何對你不利的武器。沒有。因爲我不需要。

還要講得更明白嗎？你們陣營裡最衝最辣的立法委員和你們陣營裡最妖嬌最美麗的募款好手，傳出不倫之戀，這是你們陣營裡看不慣委員所代表的那股勢力，和看不慣募款好手所代表的那股勢力的人，到處去講到處去傳的。跟我們國民黨一點關係都沒有，眞的一丁點關係都沒有。

你知道你可悲的地方在哪裡嗎？你搞不清楚朋友和敵人，你知不知道？你以爲國民黨一定是敵人、民進黨的一定是朋友嗎？那你就大錯特錯了。你以爲沒有人知道你和最妖嬌最美麗的募款好手之間的關係嗎？那你就大錯特錯了。你連自己的情人在想什麼在做什麼，你連自己在民進黨陣營裡站什麼位置，都還得要依賴一個願意對你坦白讓你闖進後門來的國民黨老同學，才搞得清楚，你還不可悲嗎？

27 Mistress and Music

吳信雄長期保留了一個特別的習慣。年輕貧窮的歲月中養成的。那個時代買一張吳信雄喜歡的唱片是件大事。那個時代中華路的孝段樓下，一間連一間擠著一排唱片行。還有士林文林路正對地下道出口的那排房子，也開了很多家唱片行。吳信雄最喜歡搭上公車往這兩個地方去時的感覺，要到一個熟悉的地方去冒險。要進入一個窄隘得令人窒息的空間裡，去發現去看見一片再空曠不過的視野，那裡有閃爍發著光，如星星般的音符，藏在黑色膠片規律細密的紋路裡。那裡還有陽光有雷雨有山嵐有河流有海洋上的凶險與靜謐，遠觀眺望時的靜謐，近身相搏時的凶險。神奇的是，這些已經變形為音波的景致，都藏在唱片裡。逛唱片行時，他根本沒辦法眞正聽到激盪空氣流動的聲音。每一張唱片都已封得緊緊的，他只能透過有限的封套說明，配合自己曾經聽過的樂曲，努力想像。

想像。想像聽見布拉姆斯瀕近瘋狂時寫的小提琴協奏曲，想像樂曲背後一個叫作克拉拉的女人，成熟中年卻美麗豔冶，而且雙手十指靈活如風中擺盪柳枝的女人。他彷彿聽到了。

回過神來，卻是街上囂張地噴著黑煙廢氣的公共汽車的引擎聲，一輛接一輛由遠而近而遠而近地接力轟炸。他不理會，繼續摩娑著方方正正厚紙板剪裁黏製的唱片封套，在引擎夾縫裡去聽到他從未聽過的一串上行旋律，起自低音G絃，昇到D絃，再盤桓到A絃，在A絃與D絃的高低把位間猶豫游移，一度降回G絃，似乎已經失去了想飛想愛想燃燒的動力，介於絕望與犬儒之間，或是想讓自己淹沒在絕望與犬儒統一後的泠然情緒裡，然而下一秒鐘，突然一連串的八分音符穿插不穩定的六分音符，把調子拉到了E絃上狂舞，一種毫不保留把精力徹底釋放耗盡，在近乎脫水休克的狀態下竟然見到上帝，不，見到愛戀的人的終極暈眩……

吳信雄聽到了年輕時，他完全無法形容的不存在的音樂。而且還從不存在的音樂中，看到了不存在的風景。他看見德國的黑森林，高聳筆直的樹木，在大白天裡篩去了北國原本亮晃得刺眼的陽光，形成了白天裡的黑夜。白天裡的黑夜。沒有眞正黑夜那麼深邃那麼神秘，可是又沒有清晨或黃昏的變幻色彩。空間被既不亮也不暗的光線與四處滿佈的影子切割成一塊一塊的。你只看見自己前面這塊空間，可是你知道在這塊空間之外，有無數塊數也數不清同樣的空間包圍著你。那麼小的空間讓你喘不過氣來，可是那麼多、綿延到無窮遠處的衆多空間又讓你覺得迷惘與迷失。

回過神來，年輕的吳信雄發現自己其實在幾乎沒有辦法迴身的唱片店裡的走道上。已經相當陰溼的唱片店裡最最陰溼的角落。喔，不，再回過神來，年輕的吳信雄會發現自己原來還在駛往中華路或士林的公車上，旁人的汗臭與口鼻呼出的濃重氣息，不留一點距離地包黏著他……

他可以不在乎，如果車的確是開往中華路開往士林。年輕的吳信雄在車上還感受到了可以同時和許多人在一起又保持孤獨。他還想像感受到了可以同時孤獨寂寞卻又和別人如此靠近。他再度想像他站在唱片行簡陋夾板釘成的架子前，抽出一張唱片，發現了一個完全沒見過的名字：可能是Prokofiev，一個連中文譯名都無權擁有的俄國人或波蘭人或捷克人，封套上的簡介也都是用英文或德文寫成的，可能只有幾個字他勉強讀得懂。然而即使如此，他依舊像模像樣、甚至裝模作樣的，伸直了食指鄭重地一一指過封套上的文字，彷彿眞的在閱讀玩味。靠著那幾個跳躍出現的字眼，他似乎可以感覺到在唱片裡，不，在唱片後面，不，在唱片原本沒有任何厚度的虛幻的深度內裡，有一個人，正怯生生、靜悄悄，有時遲疑地頓足張望，有時大膽地快步邁前地向他逼進。那個人，如果封套上沒有照片沒有畫像可供明確指認外在形象的話，那毋寧是個抽象的靈魂，想要對他說話。只不過他開門時，流洩出來的卻是一連串的音符，用各種不同樂器組合的歌唱。

年輕的吳信雄深深被這種奇幻的意象吸引了。他不知道自己這種能力是從哪裡來的。他看到一個認識的字，寫著revolution，革命。後面附隨間斷出現的數字，1905、1910、1917、1921。他立刻就看到在接近北極圈的荒園上散落的村屋，屋與屋錯立的交角圍成了一塊不規則形狀的廣場，那個作曲家，身披著破綻補丁的棉布大衣，孤伶伶地站在廣場上。可是他一開口，吳信雄耳中就充滿了俄國農民祭典上的嘈嘩歡快，帶著酒神節奏的音樂。那音樂的基本主題反覆出現，可是一次比一次凸顯了原來只是隱伏在旋律內的敲擊節拍，並且一次次拉大了樂曲涵蓋的音階，更高與更低的音紛紛加入，於是在不知不覺間，素樸的喜樂氣氛不見了，取而代之的竟是殺伐與哭喊、憤恨與砍擊的血的模擬……

他想像中的這段音樂，就出現在唱片的第二樂章中。還沒拆開封套前，他已經先聽見了那個古老而遙遠的靈魂直接對他的宣告。多麼神奇。

更神奇的是，絕大部份時候，他在唱片行裡幻想聽見的，跟唱片裡眞正錄存的，完全兩回事。他曾經誤以爲柴可夫斯基的「羅密歐與茱麗葉」，是小編制、曲風溫婉內斂的曲子。他也曾經在揣測蕭邦第二號鋼琴協奏曲時，聽到了類似舒伯特降B大調協奏曲般沉鬱沮喪的暗示。他還曾經在韓德爾的歌劇作品中，誤聽成了羅西尼式的浪漫輕快曲式。

這些錯誤不斷地發生。讓他著迷的是，如果他的第六感是錯的，那他明明聽到的那些音樂，究竟是哪裡來的？難道是他自己潛意識下的創作，還是另外一個，更飄杳更無法追索的靈魂，對他的召喚？

所以在唱片行裡，他總是不寂寞。除了要掏錢付帳時。那些他喜歡、向他召喚的唱片，幾乎都是原版進口的。店裡正中央擺的西洋歌曲盜版輯錄，一張只需要二十元、二十五元，他選中的德弗札克，卻至少要八十元。

他沒有辦法把這些向他顯現的靈魂都帶回家，這總讓他失望、落寞。他和那些只拿出兩張紅色十元鈔票，就可以把唱片帶走的大部份顧客，顯得如此格格不入，這也讓他不免自傷。

他不只一次在拮据的狀況下，不得不自暴自棄地改買二十元一張的西洋歌曲。也讓他因此而學會了許多那個年代流行的歌。即使在許多年後，他只要回想起某一張唱片，按照那唱片上排列的先後順序，就可以把當年Billboard年度排行榜的歌，從第十名唱到第一名。這樣的本事讓他一度成爲芝城留學生家庭晚會上最受歡迎的客人。

可是他始終覺得他和這些二十元一張的唱片，不管多麼熟悉，關係都有點不夠親密。沒有那種感應的中介。年紀稍大之後，有一天他突然明白，原來這些爲數衆多的盜版唱片，像是在不同時期不同階段進出他生命的各種朋友——如果那歌讓他喜歡的話，或各種敵人——如果那歌簡單俗套得讓他看不起的話。

有一天他突然明白，至於那些讓他付出昂貴代價的原版唱片，原來像是情婦。她的靈魂，先於她們的身體，向你靠近過來。在你眞正進入她的身體之前，你已經先感觸過她裸露光裎的肌膚，唇上已經先留下她乳頭既圓溜又帶粗礪磨擦力量的感覺，舌上也嚐過了她最祕密深處淌流出來的汁液。可是你眞正和她做愛時，一切卻又顯得如此陌生。好像她先派遣了靈魂來騙過你一次。你不會懷疑記憶中應該不存在的激情交接，和現實裡終極的插入，是兩個不同的人。然而它們就是不一樣。而且一次又一次都不一樣。你困惑你著迷你痛苦你發現了除了性慾以外做愛中還啓動了的思考機制，於是你有了一個情婦。

那一天，他第一次有了一個情婦。

28 Clouds Stop at Nowhere

吳信雄的習慣是這樣的：因爲唱片那麼貴、那麼得來不易，他沒辦法擁有很多唱片，他只好讓僅有的幾張唱片看起來比實際多而豐富。所以他會自己撰寫新的封套說明文字。

最早他寫的，眞的就像封套說明文字，或者就是英文還是德文原版介紹的翻譯。他耐心而仔細地翻查字典，遇到字典上語焉不詳的東西，還去求救於音樂教科書和百科全書，他的外語能力幾乎就是在這樣的過程裡培養起來的。

有一次，他記得是出國前沒多久，買了一張巴哈的清唱劇，在說明裡找到了一個特別的德文字，德漢字典上只給了一個簡單的翻譯——「不流動的雲」。

某位女高音演唱巴哈清唱劇時的風格，總像是高高青天上一片片總也不流動的雲。這樣的句子，尤其是那個獨特的字，那幾天當中，一直纏繞著他。他忍不住在原本簡潔的翻譯文字外，開始演繹他對「不流動的雲」的想像。

「不流動的雲」是假相。就像聲音是時間的函數，時間不向前流動，第四度空間不開拓出來，就不會有聲音的存在。我們可以把世界想像成一塊塊如實擬眞的模型。三度空間裡什麼都有，就是不能動。然後無數多塊這種模型接續起來，就形成了四度空間。然而四度空間自己會在三度空間之外，再多出些什麼。專屬於四度空間裡的特質，可以被定義爲四度空間的原形。這種四度空間原形中，最抽象的是時間、最具象的是運動movement，介於時間與運動之間的則是聲音，而聲音的菁萃昇華就是音樂。

他的詮釋大概是以這樣新習得的物理與哲學知識開端的。中間可能還近乎炫耀賣弄地談了一點中世紀聖阿奎那斯完全從《聖經》文句裡去推衍出的「運動」的意義，反正在那個時代，所有的一切最後都是上帝的意志與意旨的證明。他可能還順著這個脈絡講到了牛頓物理學的歷史地位，講到了從我們現在的觀念，牛頓物理學是極其嚴謹小心，其形象也是極其單純保守的，然而退回到牛頓生存的那個時代，這樣的物理學，可能比克卜勒說地球繞著太陽轉還要激情與激進。克卜勒只是拿走了人在宇宙間想當然耳的中心地位，逼迫神學家必須多費功夫去解釋，神既以祂自己的形象造了人，爲什麼偏偏不把人放在宇宙的中心？說眞的，這其實一點都不難。我們大可以說神必須把祂自己與人保持一定的距離，祂必須經常提防人的自妄自大。《聖經》上不是有巴貝爾塔的故事嗎？神不得不挫折人想要爬上天際和祂比肩並列的野心。基督神學最核心的問題，不正就是「人不能猜測神」，神的全知全能正表現在祂的完全不可測上。

從這個角度，地球在太陽系上的位置，是可以完美解釋。人本來就被定位在既非中心也非邊緣，近乎沒有特色無法描述的平凡平庸的老三，這是神給予人最正確最適當的位置。從前正就是因爲人的自不量力，才會幼稚得近乎愚蠢地先入爲主假設自己就是中央。克卜勒學說的出現，幾乎就是另一次變形的「巴貝爾塔事件」。人類太驕傲太自滿了，他們開始以爲自己可以理解神一切的用意，他們以爲自己就是神的代理。於是神送下來克卜勒，像拆掉巴貝爾塔般拆掉了人類賴以建立自信的「地球中心說」，又像混淆語言般混淆了教會與科學、神學與哲學，讓人類再也不可能統合在一種知識裡去把自己等同於神。

寫到這裡，年輕的吳信雄既自豪又帶點傷感地發現，他最適合的行業，他最具天份的才能，說不定竟是活在西方中古末期，文藝復興時代，作一個天馬行空解釋神與人新關係的神學家。在動亂頻仍，周遭包圍著以航海貿易取得暴富的商人，對生命無所謂亦無所畏的傭兵們日復一日進行著的小型而瑣碎的殺戮戰鬥，暗地裡喧騰如火山爆發前就先洶湧的深層岩漿活動般的宗教革命情緒的羅馬，他卻獨自躲在某個靜得彷彿空間都結了冰、以至於即使夏天都必須披上黑色袍服來禦寒的教堂裡，對著窗口擬寫他最新發明的神學眞理……

那一刻他眞的同情、可憐自己，竟然生在沒有信仰沒有宗教氣氛，又時時炙熱多汗的台灣。他的殿堂早已傾頹於幾個世紀之前，然而他還得伏案繼續解釋牛頓的物理學。

牛頓物理學而不是克卜勒的主張，才眞正告訴我們，這世界存在著連神也無法改變的定則。物體靜者恆靜、動者恆動。這「恆」字就是對神的干預的森嚴否定，不，甚至是斥責。那個少年時會在樹下慵懶睡著，風吹樹搖，因而被紛紛落下的秋熟蘋果打醒的牛頓，長大之後卻變成了歷史上最執拗的領土捍衛者。我們彷彿看見他圈抱著整個宇宙中所有會動在動的東西，對著一旁虎視眈眈的上帝毫不讓步地——雖然他的嗓音不自主地顫抖著說：「不，你不能動手，這不是你的玩具，你不能進來，你絕絕對對不能進來。」

上帝被擋在牛頓的遊戲沙坑之外，再也沒有辦法進來搗蛋了。運動是這個世界一切變化的根源，然而運動只能按照牛頓發現的定律進行，不能有例外。這才是以「上帝全知全能」爲前提的神學，眞正無法應付的大挑戰。

寫完牛頓物理學，原本的紙上已經塡得密密麻麻不留任何間隙了，年輕的吳信雄第一次發現自己對於詮釋意念竟然有這麼高的興趣。他趕緊找出了新的一疊白報紙，他父親習慣性地從區公所裡搬回來堆放的，繼續寫下去。

不流動的雲。雲是最輕最飄浮的東西。由微小到承受不到地心引力的水分子組成。任何一點氣壓上的改變，甚至談不上是風，都可以讓雲流動。所以雲隨時都在變換形狀，所以古往今來人會對雲產生那麼多的想像。

在牧歌時代，在工業興起之前，在人與農業依然關係密切的年代，自然變化是以幾乎無法肉眼察覺的植物速度進行。相較之下，雲就顯得那麼樣多采多姿。一直在變化、一直在流動。雲的流動和河的流動不一樣。河的流動是線性的，雲的流動卻是非線性的。河的流動是敘述，而且一直在說同樣一件事、同樣一個故事。故事的背景，周圍的氣氛可能會改變，但故事還是同一樣。在朝霧裡，在正午的赤日下，在暴雨中與暴雨後的半截彩虹下，在闇黑子夜的恐怖威脅中，河繼續流動，在同一個河谷河道上的同一個方向耐心地流動著。然而雲的流動卻是隱喻。你會不停地在流動的雲中看到種種具體形象的類比，一點點像卻又不完全像，在這裡像在那邊卻又不像，雲從來不明說，而且從來不把一句話一件事說完。

對流動的雲、對於雲的流動，我們只能猜測，而且必須一直猜測。前一秒鐘猜測雲在隱喻著一張龐大的溫和的老人的臉，後一秒鐘這猜測立即無效。你再也看不出來任何一點點和眼睛鼻子嘴巴可能扯上關係的線索。這時雲變成了一棵正在向上成長的榕樹的隱喻。可是你弄不懂榕樹與老人的臉中間可能有什麼關係，你更弄不懂老人的臉怎麼可能變得成榕樹。

無窮的變著不安定的一連串猜測與隱喻，這才是雲的本質。年輕的吳信雄在白報紙上如此寫著。那麼我們要如何理解「不流動的雲」，甚至如何理解爲什麼德文裡會存在著一個意謂「不流動的雲」的字的事實呢？年輕的吳信雄接著在白報紙上如此自問。

違反本質的現象，只能是假相虛象，這是唯一的答案。巴哈的清唱劇都是頌美上帝的神劇。雖然不像後來世俗化後了必須由花腔女高音炫技才能演出的歌劇選曲那麼複雜，卻也有著婉轉起伏的反覆變化。可是在巴哈的安排下，這些變化都被統納在嚴謹的對位結構裡，前一個音穩住後一個音，下一個節拍平衡上一個節拍，形成了永恆的假相。明明變動不已的聲音裡透顯出更內在的寧靜，隱含的寧靜取消了表面的喧鬧，因此而有「不流動的雲」的形容。

已經很長了的唱片補充說明，本來就應該結束在這裡。然而年輕的吳信雄卻忍不住又在紙上新起一個段落，又寫下了「不流動的雲」這五個字，接著在他自己的意識來不及阻止的情況下，又連著寫了「就像爸爸」。

不流動的雲就像爸爸。這樣短短一句話，魔咒一般突然啓動了他腦中某個開關某種機械。像他第一次在錄影帶店借回費里尼的「八又二分之一」。一個接一個似連續似斷裂的黑白畫面爭先恐後地跳出來。他明明知道和現代好萊塢商業導演手法相比，費里尼的電影怎麼也算不上是快節奏。可是看費里尼的電影讓他焦急。電影一開頭的畫面就讓他百思不解。他還在想第一個畫面，第二個畫面卻切換進來了。於是他一邊得趕緊跟上想辦法理解新鏡頭，卻又分心擔憂著會忘掉了開場的構圖與動作。第三個畫面來了。模型固定住了。過去現在未來的連鎖焦慮。怕忘掉剛消逝的、怕無法應付現在正閃動的、又怕下一步發展太快到來。

瞬間，他父親的生命竟然變成一部費里尼電影。巴哈的清唱劇成了背景音樂，他看見父親出門後往區公所走去的背景，看見父親撿起石子擲向路旁一條其實完全無害無威脅性的野狗時，臉上閃露過的極度憤怒。看見父親在街角突然停下來，爲了掩飾而近乎笨拙地打開公事包，伸手進去亂掏亂翻，推延夠了時間確定不需要和可能會不期巧遇的同事一起走一段路之後，才又神情落寞地重新上路。他看見父親一個人坐在學校教室的角落裡，一臉驕傲與嚴肅的表情。有其他家長上前和他招呼，父親總是拘謹矜持地只介紹自己：「在公家單位服務」。可是沒有多久之後，導師進來了，一位剛從學校裡畢業不久，由於年輕而深受班上同學喜愛，卻被父親反覆在家中飯桌上批評爲「不會教書，沒有根底」的女老師。導師向所有家長介紹：「這是吳信雄的父親，他在區公所裡當職員。上次我陪我弟弟去查兵單，在櫃台就剛好是他幫我們辦的。」父親臉上一陣五官微幅亂跳，似乎拿捏不住正確的反應，一秒鐘後，終於還是收拾起了原來的架子。吳信雄看見父親伸手進西裝口袋裡掏菸，知道他再下一秒鐘會堆出讓所有人都不好意思正視，卻又都無法拒絕的諂笑，一一問人家抽不抽菸。有人抽有人不抽，有人客氣接過了父親遞上的菸，有人則趕緊掏出自己的菸來。還有人連忙搖手說：「我不用我不用，您請自便，不要客氣。」父親則誠實地回答：「其實我從來不抽菸。」可是吳信雄卻覺得別人一定從這話裡聽出最大的、令人難堪的虛僞。

鏡頭突然跳回去一段，回到這場家長會開會前，在吳信雄家中的場景。母親在房間梳妝鏡前仔細修著眉毛準備要出門參加家長會開會。父親則漫無目的在小小的屋中有限的空間裡來回踱步，父親踱進房裡對母親感慨地說：「反正開家長會就是要捐錢，妳去開他們大概就不會找我們捐錢。捐一大堆錢，最後只爲了放在老師的辦公室裡的一面鏡子上用紅漆留一個名字，眞是太可笑了。」父親踱出來，心不在焉地瞄了已經穿好制服的吳信雄一眼，又踱進去，故作憂心地說：「你去一定跟老師反應，她自己的字要好好練練。改作業簿寫甲乙丙丁，不能這樣隨便照平常樣子隨便寫寫，太隨便了。」父親用不時呼嚕呼嚕作響的深呼吸來強調事態的嚴重性：「她那手字眞幼稚。老師改簿子，寫甲寫乙要寫出那種書法的韻律。」吳信雄雖然看不到，卻可以想像父親舉著手指在空中比劃的模樣。「這一豎拉下來的時候要有筆鋒，勾上去的也得順勢收尾，不能說停就停，看起來笨笨的。老師的字笨笨的，對小孩會有不良的影響，這個老師，嘖嘖嘖……」

父親踱出來，提起空了的茶壺搖一搖又放回去，再踱進去，說：「那個那個……妳一定要記得跟她說。我怕妳跟她說，她不當一回事。妳就告訴她是我說的，對，妳很強調地跟她說是我的意思。妳可以把我搬出來，『我先生擔心這樣會對小孩子有不良的影響。』妳就這樣跟她講，記得不記得？」父親的腳步聲停了，終於等到母視的反應，「那你自己去跟她講好了。還是你自己去講比較好。」

父親幾乎在母親的話還沒講完，就搶了拍子表示無奈與爲難：「唉，一個禮拜上六天班，唉，這麼多業務這麼多公文，唉，本來想星期天好好休息，好好在家裡待一下，唉，還是弄到非得要出門，唉，還是不能不去跟老師叮囑一下，唉，怎麼剛好派到這樣年輕的老師，又是個女的，唉，不去叮囑一下還眞的不行……」

吳信雄又看到相簿裡的父親。每一張相片裡幾乎都有父親，雖然負責照相的也是父親。這曾經是吳信雄小時候心底的謎。他曾經認眞地疑惑過：爲什麼同樣一座郊外的仙公廟，同樣是長得彷彿沒有盡頭、一直往上爬往上爬應該可以爬到天頂上的一千多個石梯，同樣是嗆鼻的香爐裡竄冒出的濃煙瀰漫，爲什麼從前一家出遊時感覺如此痛苦、如此折磨，稍大後和班上同學和老師去遠足，卻又變得如此快樂？痛苦與快樂難道可以是同樣的，就像它們同樣令人難忘嗎？

長大以後，他想懂了中間的差異，痛苦與快樂。那就是負責照相的父親。出遊時父親一定要帶相機帶腳架。腳架太重了，所以就把相機交待給吳信雄揹著，可是又再三警告再三恐嚇，無論如何不能私自去動相機。一動都不能動，一架相機等於父親一個月的薪水，如果吳信雄亂動動壞了相機，就等於父親一個月沒有薪水，就等於害全家人，爸爸媽媽妹妹，統統都一個月沒飯吃。吳信雄總是這樣被警告。他的肩總是被壓得酸麻，然後轉成刺痛。他的每一步伐都在對抗肩上相機的重量。他的每一個姿勢都因迎合不去踫到相機的要求而傾斜、扭曲。

只有要照相時，他可以鬆動鬆動肩膀。父親會走前走後，想盡辦法要找出「仙公廟十景」、「野柳八景」或「大橋頭一景」的最佳位置。還要對好完美的角度。調腳架調相機方位調光圈調快門。留好正中央的位子給父親。父親要來回走動好幾次，想像自己在鏡頭前的姿態的模樣。

相片裡的父親，通常都刻意向左斜站二十度角。而且通常笑容可掬。有一種日常生活裡少見的光采。尤其和幾乎成爲他的背景的其他三位面無表情、黯然疲憊的家人對比強烈。明明照相時，吳信雄努力地依照父親要求保持笑容，可是沖洗出來的影像裡，笑容卻都不見了。吳信雄後來才明瞭，正是因爲父親在調相機時，不斷命令他們要鋪上最完美的笑容，等父親摁下延遲快門，不再從相機窗框裡監視他們時，他們，媽媽信雄和妹妹，自然就都一下子鬆弛了緊張的臉部肌肉，變成了噩然漠然的表情。

相簿裡有一張奇特的照片，吳信雄清楚記得，照片裡只有媽媽妹妹和信雄三個人，中間留下了一個人空間，本來應該顯影的爸爸失蹤了。可是留下影像的三個人都笑得很自然很開心。那是在陽明山公園花鐘前面，父親按下了快門的那刹那，轉身卻和旁邊的一名遊客撞了個滿懷。對方身材魁梧得簡直不像東方人，瘦小的父親乍看下像是撲向他懷裡的小孩。混亂中留下了這樣一張照片。

吳信雄以爲父親一定會把這張意外的失敗之作丟棄的，可是這相片竟然還是出現在相簿裡，而且被父親小心翼翼地貼在某本新相簿的第一頁。吳信雄想起那張照片裡父親的空位。那個空位比其他每張照片裡的父親的影像，更鮮明更清晰。

穿透那個空位，年輕的吳信雄看見了那朵不流動的雲。

29 Out of Nowhere

吳信雄在美國第一次和許明德會面的那天晚上，剛睡下沒多久，就從惡夢中驚醒，前胸與後背都淌滿了汗。乍醒時，他想不起來自己到底夢見了什麼。他很自然地猜想，大概是夢見了什麼樣的牛頭馬面來拘捕他吧。說不定還夢見了被盤問被用刑拷打的可怕畫面。

他覺得口渴，便翻身下床給自己倒了杯水喝。涼的水貼著食道下肚時，才意念到剛剛其實是在既睡未睡之際，想起了他留在台灣沒有帶出國的那排唱片。每張唱片封套都因塞了他自己寫的補充說明與感想而微微鼓脹。然後就彷彿看見或夢見父親正在整理他的唱片。把每張他寫的紙片都拉出來。包括塞在巴哈清唱劇裡的那張。

他因為急著想要制止父親讀到「不流動的雲就像爸爸」那句話而倉皇醒來。來不及了，來不及了。

端著水杯發了一會兒呆，吳信雄到書架前取下了德文字典，循著依稀印象開始查索「不流動的雲」那個字。沒想到一直查到天亮，字典翻了好幾十遍，都沒找到他要的答案。

那幾天，他到處問懂德文的同學，什麼字意謂「不流動的雲」？甚至問了神學院裡一位專攻歷史上各種德語本聖經的德國來的教授。他得到的回覆是：「應該沒有這樣的字吧。也許是德語以外的其他語言？」

這個字憑空消失了。明明應該有的字。明明印在他曾經收藏過的一張唱片的封套上的德文字。消失了。他有個衝動，想要立刻飛回台灣去找那張唱片去找那個字。然而和這個念頭同時昇起的，是和這個衝動念頭一樣荒謬無稽的一陣寒顫，吳信雄突然害怕他會再也找不到台灣，台灣會像那個德文字般，當他要尋找時就憑空消逝了。

30 Rains Refuse to Go Away

「競選總部是個可怕的怪獸。」吳信雄在會議上這樣說明，「這是沒有辦法的事，我們只能用看待怪獸的眼光，對付怪獸的方法來處理競選總部的制度，這是最重要的概念。」

參與策略會議的人，包括剛到環南市場拜票，身上還沾著濃重雞血氣味的許明德在內，都用疑惑的眼光看著吳信雄。

「我的意思是，選舉不是常態，選總統的組織更是畸型。這個組織必須要在很短很短的時間內，以不正常不自然的速度增長。九月底初選剛結束時，我們還可以只靠核心的十幾個人來運作。可是半年後到投票日前夕，總部會需要多少人？總部的人事一定會在這麼短的時間之內膨脹再膨脹，不要說我們現在預估不出來，就算到時候，人家來問總幹事：『你們總部有多少人？』我也懷疑他會說得上來……」

魏忍不住插嘴打斷吳信雄的話：「所以才要預先建立制度來管理啊……」

「管理什麼？」吳信雄不客氣地頂了回去：「什麼叫怪獸你知不知道？怪獸就是大家以

前沒有看過的東西，就是沒辦法按步就班養大長大的東西。重點是我們爲什麼要去搞出這樣一隻怪獸來？因爲別人家也會有一隻怪獸，會贏會輸就看：我們養的怪獸有沒有比他們的厲害。我們不需要也不可能先設限去管怪獸。不需要，反正這隻怪獸死期已定，三月二十一日投完票，牠自然就死了，不會繼續爲害。不可能，因爲我們要的人三教九流，台北高雄到六龜鄉下都有，怎麼可能用一致統一標準去管？」

「照你這樣講，」又是魏立即反應，「那都不必管囉？我們大家高興找人就去找人，高興搞幾個人頭就搞幾個人頭？可是每多一個人，總部就多一筆開銷你知不知道？我們只要允許大家搞人頭大污特污總部的錢，就可以養出一隻大怪獸，就可以打倒國民黨？」魏說完還故意不看吳信雄，把臉別過去朝向許明德，在場的其他人感受到了氣氛激化，則紛紛尷尬地把頭微微地低抑著。

吳信雄倒反而冷靜下來，至少在口氣上沒有了先前的高亢，嘆了口氣後才說：「唉，有人就是改不掉國民黨那些鬥爭的習慣，聽到不同的意見，就誇張扭曲別人的說法，恐嚇擇選一個根本沒有道理的結果，用這種方式來逼別人住口……。」

魏被激怒了，他兩手重重地拍在桌子，撐住向前猛傾，彷彿要朝吳信雄衝來的上身：「你才最像個國民黨！動不動就抹黑別人……」「我從來沒參加過國民黨，更沒待過國民黨的警察單位，更沒學國民黨那樣設計出一份調查每個總部人員身家背景的表格，要總部每個人都要詳細填寫，坦白交待，才領得到薪水……。」

「你亂講！他媽的！你胡說八道！」

「我哪裡亂講？你這表格不是身家調查嗎？姓名、出生年月日、戶籍地址、身份證字號、性別、婚姻狀態、同住家人關係稱謂……這不是身家調查？」

「你現在去任何公司上班，不需要填這種基本資料表？你不塡有哪家公司會用你，你找到這種公司我才輸你！」

「公司，我們這是公司嗎？幫反對黨選總統，這是個正當行業嗎？我告訴你，大部份台灣人都還是覺得這是殺頭的工作！不是每個人都是爲了得到什麼政治影響力而來幫忙的，他們只是想要看能不能幫忙讓台灣變天，你要他們來幫個忙，就得留下記錄、留下資料，到時候國民黨可以按照這份資料一一算帳，誰還敢來？」

魏想要再開口，許明德先講話了。「這個表格先收一下，大家再想想參詳參詳。這是很重要的問題，總部的資料要怎樣保管，要怎樣銷毀，信雄你去設計看看。魏仔，你先出去抽一根煙……去啦！」

魏悻悻然離座。會議繼續進行。接下來組織部的報告冗長而瑣碎。吳信雄的座位靠窗，外面似乎總也不停的寒雨，不斷濺潑到玻璃上。在一片水珠淋漓製造的光暈效果裡，吳信雄看到魏高大的身影。他眞的出到陽台上，擠在小小的遮簷下，掏出煙來。風和雨的交襲，使得魏連打了幾次火，都沒有點著煙。

看著魏專心一次又一次點煙的模樣，吳信雄第一次感覺到對他的同情。同情他因爲當過警察、入過國民黨，而有了先天的弱點。同情他竟然只爲了設計一張其實無害的人事表格，被揭起瘡疤來猛刺。

對魏的同情，吳信雄理解到，也就是對自己的鄙夷。看著那總也不停的雨，吳信雄不得不承認：如此激烈的反對塡寫人事表格，眞心的理由是上面那欄「婚姻狀態」。他無論如何不願塡寫這欄。他無論如何不願別人看到他這欄的答案。他無論如何都必須阻止總部裡可能對他婚姻狀態的好奇與談論。

吳信雄近乎自棄地頹然承認：自己是個自私而狡猾的人。出去淋這場冷雨的，不應該是魏，不管魏多麼令人討厭。

31 The Necessity of Being Loved

待在芝加哥的最後一晚吳信雄完全沒有入睡，房間裡的東西，該丟的丟了，該送的送了，顯得空蕩蕩的。甚至連床都沒有了。只剩下簡單的鋪蓋，和一個從貯藏室裡翻出來的破枕頭。

靠著那個棉絮外露的枕頭，吳信雄坐在角落的地上反覆修改、謄抄手上的一張表。一張提醒自己，回到台灣可能無法適應，卻又必須盡快適應的事項。

「天氣」。夏天的汗。冬天的雨。北部的濕氣和南部的烈日。

「摩托車」。隨時可能從任何一個方向闖過來。

「過馬路」。沒有意義的斑馬線、人行道。必須極度警覺，隨時測量。

「Mandarin」這一條他考慮了很久，修改了很多次。這麼多年的反對與反抗，他無論如何寫不出「國語」。不只是無法認同那充滿虛構的國家，他更反對任何由國家制定的官方語言，所有語言都應該得到平等的地位，不容許任何一種語言淩駕其他語言，高高在上。他也無法接受「北京話」的稱呼。海外台灣同鄉習慣這樣稱呼，但就是不習慣。因爲在台灣大家講的，就不是北京話。不是就不是。「普通話」也不太對。「普通話」是中國大陸的基本語言，但「普通話」的腔調、語彙和台灣用的又大大不同。那種在台灣，社會生活中最普遍的工具，他都甚至叫不出名字來。

「新台幣」。長期習慣用美金衡量物品的貴賤，新台幣變得很虛空。就像當年初到美國，要把美金標價乘以四十，心算結果一出來，幾乎總是無意識的皺皺眉咋咋舌。那麼貴。自己一個人過活時不知道，後來Janet發現的。發現他在超級市場裡表情特別多。「好像在對架上的貨品作鬼臉。」欸欸欸，你們怎麼那麼貴，叫我如何買得下手呢？你這樣不行喔，幹嘛包得那麼漂亮呢？在我們台灣，你只值三分之一的價錢，怎麼搬到這裡來就裝模作樣變高級水果了呢？Janet形容他對貨品發出無聲牢騷。

一個對著貨架發著無聲牢騷的人。必然是個極度寂寞的人。回到台灣去，會變怎樣呢？會倒過來，換算成美金之後，覺得一切都這麼便宜，因而無法抑阻瘋狂的採購的慾望嗎？還是一算下來，在已經改成二十五比一的匯率下，又重覆了剛到美國的經驗？無聲的牢騷及皺眉咋舌的無意識表情。怎麼不管這麼搬，都越搬越窮？不管怎麼搬，都越搬越寂寞？……

也許根本不是這樣。也許已然不斷退化的算術能力，帶來完全不可解的混亂。六百三十塊新台幣究竟等於多少美金？七十八塊呢？三十五萬九千九百元呢？茫茫然迷失在數字的雲團裡，找不到出路，找不到線索。至少短暫時期，失去價格的平衡感。資本主義意識中價格與價値緊密連結的強大異化力量，也意謂著失去了價値的平衡感。會因此而失去什麼重要什麼不重要的判斷能力嗎？會因此而作下錯誤而可怕的決定嗎？……

也許都不是這樣，也許完全不必用美金作參考標準，直接回到一個以熟悉物件作標準的少年時期的方式。多年以前在台灣的習慣。一張公車票全票是一塊半，不加蛋的豆漿一碗五塊，坊間的書籍三十二開的四十元，四十開口袋本則只要三十元。當然還有唱片，二十元一張的盜版唱片。就這麼樣東西，構成了少年吳信雄的基本購物衡量準則。每次把錢掏出去，都是一種損失。少買一張唱片。少喝一碗豆漿。少坐一趟可以去植物園或去陽明山的公車。划不划算，看自己捨不捨得這樣程度的損失。這才是最眞確，打印在心裡的價目表……

「音樂。」「聲音。」「薩克斯風。」這三項是連結在一起的，顯然會有很長一段時間，不可能隨手選擇自己要聽的音樂。將那些唱片、錄音帶、CD裝箱打包時，有一個衝動，覺得總得認認眞眞重新聽一次，聽完了才能安心甘心回台灣去。剛和Janet在一起時，下過同樣的決心。

Janet蜷縮在客廳裡的舊沙發上，吳信雄放Bill Evans Trio的「Waltz for Debby」給她聽。因爲那是他知道最輕柔最能讓人放鬆的音樂。一九六一年的錄音。Bill Evans鋼琴，還有Scott Lafaro的低音大提琴。那是三人組創造力最顚峰的時候。他們三人以最寂靜最不誇張的方式表現天份與原創力。連續錄了好多好多首經典曲子，例如「Alice in Wonderland」、「All of You」、例如「My Romance」。前兩首後來收進另一張唱片「Sunday at the Village Vanguard」。那是張悲劇性的唱片。因爲錄完這些曲子，十天後Scott Lafaro就在一場激烈的車禍中喪生了。三人組從此成爲絕響。爲了紀念Lafaro，所以把低音大提琴表現比較凸出的曲目收在一起，先出了那張唱片。不知道爲什麼聽那張唱片就是會有一種悲劇即將來臨，卻無論如何不可能防止、拒絕的感覺。更可怕的，根本不想抗拒悲劇的必然性，有一種美；以慵懶的純然被動對待悲劇，有一種更深沈的美。不知爲什麼「All of you」裡的音樂似乎就傳達著這樣的美……

Janet說：「那我要聽悲劇的Lafaro。」然後Janet冰冰的唇貼上他的鬢間。「你的悲劇就要來了，你不要抗拒。」就是那天，Janet決定離開原來的家，就是那天，他決定和Janet一起聽完每一張唱片、錄音帶及CD。Janet說：「我最喜歡聽你講音樂，你講音樂時講得好像每一件都是你自己的故事。每一個人都是你。可是好奇怪，反而是講自己的事，學校、政治、美麗島週報、你爸爸，聽起來像是遙遠的、陌生的、轉過好多好多手的故事。爲什麼會這樣？」

不知道。吳信雄不知道。他也不知道放棄了這些音樂，是不是也就等於放棄了自己。把自己變成一個遙遠的、陌生的、轉過好多好多手的故事，一個平淡無奇、疲憊而勉強的故事，飄在台北眾多嘈嘩的聲音裡……

「愛情。或愛情的徹底喪失。」清單上的下一個項目。讓吳信雄眞正徹夜不眠的不適應。

32 Merry Christmas and Unhappy New Year

That rascal!

我不知道還能怎麼罵他。除了這樣罵。剛開始因爲太愛他太同情他，罵不出什麼惡毒的話。後來因爲太恨他討厭他，懶得罵什麼。現在呢？很無奈吧。無奈地開始感覺到自己怎麼越來越不恨他了。無奈地發現，而且必須承認，其實和世間一般的人，尤其一般的男人，尤其他們那個圈圈的男人相比，吳信雄眞的還不算是個太壞的人。

這樣還不悲哀嗎？不是因爲他改變了，而且因爲我自己的標準降低了，結果再也沒辦法像以前那樣恨他。

我在考慮要離婚了。可是妳知道嗎？現在就算我想離也不能馬上離，至少要等選完吧。不能在這個節骨眼上。

……我是最討厭最討厭私人的事和政治扯上關係，吳信雄老是罵我「以刻意的冷漠來掩飾無知」，爲了這個我們吵過多少次。事實上我看不起他的，就是這點。我看穿了那都是藉口，政治什麼的，他的政治理想與政治使命什麼的，都是藉口。他討厭我的時候，就拿出這現成的藉口指責我，挑剔我，他不敢明明白白地說他討厭我，他不愛我；他不敢明明白白承認，不管我怎麼做，即使我陪他上街頭吶喊，即使我去他們總部作最積極最熱情的義工，他還是討厭我、還是不愛我，他不敢承認。他一定要安個罪名給我，一定要把過錯推給我，因爲他膽小，怯懦又無恥到不敢承認他不愛我。

……我不是因爲那些亂七八糟狗屁倒灶的事，才想離婚的。那些我知道得很清楚，而且看得比任何人都還透徹。他是個很幼稚的人，有些情緒透明到可笑的程度。……那個叫小薔的人對不對？瘦瘦的，有點神經質、處女座的，但絕對不會是個處女。喜歡說如果許明德選輸了，她會很受不了，會對台灣很失望。喜歡說她一定要在有生之年看到台灣獨立，即使因此要把靈魂賣給魔鬼，因此要活到五百歲，變成一個雞皮鶴髮人見人怕的妖婆，她都願意。對不對？……我知道的事情多了。我知道吳信雄這個時候就是會被這種人吸引。不爲別的，因爲這種人是我的相反。信不信由妳，吳信雄的感情邏輯可以簡單而扭曲到這種程度。他看到像小薔這樣的女人，心裡湧上一個念頭：「我如果愛上這個女人，我如果可以痴狂愛上這個人，就可以證明我的感情與我的政治信念是密不可分的，也就可以證明我之所以無法和那個人繼續生活下去，完全是因爲她不願認同我最深刻最深沈的人格本質——我的政治熱情，也就證明了婚姻的僵局不是我的錯。」然後他就決定要跟這個小薔亂來一下。不騙你，眞的是這樣。

……我們之間的問題，眞的不是這些。外遇、亂搞、欺騙、謊言，老實說，都只是煙幕。解決了這些還是解決不了最核心最根本的。上帝跟我開的那個玩笑，我知道吳信雄最不願意被人家知道的秘密。我們因為這個秘密而彼此折磨。

……那個叫Janet的女人，根本不在意他的什麼政治信念。那個叫Janet的女人如果願意回到他身邊，你要他從此只能信奉統一萬歲，要他幫國民黨寫三民主義統一中國的宣傳稿，吳信雄都不會拒絕。他自己知道，我也知道。其實這才是他最恨我的原因。

我們剛認識的時候，在一起幾乎都在談Janet這個女人。現在講起來，妳可能覺得很病態，不過那時的氣氛眞的很好很感人，有一種迷人的純粹性。我愛這個男人，愛他曾經用那麼純粹的方式愛過，我愛他那份逝去的純粹的深情。

我們在Amtrak的火車站裡，他指著第六號月台，告訴我他曾經等過Janet。Janet要從聖路易回來。火車進站時，各節車廂門口同時有人下車，遠遠近近那麼多張臉湧現出來，而且彼此交疊。他瞪大了戴著度數不太夠的眼鏡的眼睛，努力地辨識。突然間，一小片額頭在最後一節車廂門口出現，他強調眞的只有那一小塊額頭，帶著一點點瀏海與捲髮的暗示，他立刻認出那就是他的女人。在衆多視覺訊息裡，那一點點額頭，介於存在與不存在間的一點點光影，就是刺激出最大的愉悅。愉悅來自等待的結束，來自發現自己如此熟悉她的每一吋相貌，也來自確認了，噢，自己如此地愛這個女人，愛到啓動了非理性的強大直覺。

我生日的那天，他告訴我他怎樣幫Janet過第一次生日。吳信雄提早兩天去買了一隻昂貴的皮包，包裝好了放在車後座行李箱。Janet生日前一天，他們就出發去湖邊，兩個人輪流開車開了六個小時，只在一個近似傾頹荒蕪的小鎮，找了一家空蕩蕩冷清清的鄉野酒吧，吃了點漢堡和薯條。連啤酒都帶點不怎麼新鮮的味道。他注意著Janet的表情，Janet沒有露出一絲絲的不愉快。Janet還問他帶了什麼樣的書要去讀，他說要第四次重讀托克維爾的《美國民主》，Janet也沒有質問他幹嘛看那麼多次。Janet顯然完全接受，和他出來度一個非常非常安靜的週末，在湖邊讀書讀到睡著，然後清晨時被湖水拍岸聲響吵醒，接著就是漫長的散步。散步中談論梭羅對自然與文明的觀察，還有交換彼此回憶中的石門水庫阿姆坪⋯⋯

一個非常吳信雄式的週末。找到了他們租的湖邊木屋時，已經下午九點多了。吳信雄卻提議還要出去。車子開了半小時，路邊赫然出現夢幻鬼魅般的成排霓虹燈。Janet驚異中發現吳信雄竟然帶她到一個有著保留區賭場，以及歡樂吵鬧的遊樂場的小鎮。每到週末，這個地方就化身小型拉斯維加斯般的不夜城。吳信雄知道Janet其實喜歡熱鬧。看到遊樂場裡那些幼稚的遊戲，尤其是設計來吸引小男孩的遊戲，像是量拳頭力道的、像是射汽球的丟罐子的、像是碰碰車和Air Hockey，都能惹起她極大的興趣。她會變成一個美麗得惹人心疼，又不知該如何對付的頑皮小男孩。

吳信雄知道，她的前夫曾經如此粗暴地以道德、節儉的理由，壓抑她這方面的快樂。他放任Janet選擇任何遊戲，而且陪她玩，而且必然、自然地輸給她。除了投籃遊戲以外。吳信雄意外發現自己的手腕還保有著年輕打球時的柔軟度。

吳信雄那麼眞誠、那麼努力想要形容Janet的快樂。他眉頭頻頻打結，他額頭沁出細微的汗珠。他曾經帶給Janet的快樂。他們玩到過了午夜。吳信雄輕輕摟住Janet，輕輕地說：「生日快樂」。Janet熱情地回頭吻他，告訴他：「這是最快樂的生日，這是最美好的生日禮物。」吳信雄說：「眞的嗎？」然後兩人走向停車的地方，吳信雄開了鎖，叫Janet打開行李箱，驚疑的Janet終於看到那個極帥氣又極高級的背包，她感動得熱淚盈眶，吳信雄壓抑著自己同樣激動的情緒，淡淡地說：「Happy Birthday！」……

我甚至願意聽吳信雄說他和Janet間的親密肉體關係。在我愛他的方式，與我愛他的情境中，這眞的不病態，也眞的不奇怪。要眞心理解愛情，要眞心表達愛情，怎麼可能刻意忽略性愛呢？這不就是好萊塢告訴我們爲什麼鏡頭前不免要有裸露性愛畫面的理由嗎？很多時候，是我逼他說的，我講過的，這方面吳信雄很莊重、很紳士，甚至有點嚴肅。他很保守的。可是我就是覺得無法不去瞭解。

他愛那個女人，愛到非常無私。這點讓我感動。連在性上面都這樣。我看過一張Janet的照片。眞的很美，身材也很誘人。她離開的時候，刻意帶走了一切留有她影像的東西。不讓吳信雄一直想她一直記得她。她收得非常徹底。只有那麼一張漏網之魚，壓在電腦螢幕座子底下，被吳信雄找了出來。

那張照片。我問吳信雄：「想她的時候，你會用這張照片自慰嗎？」我問得太直接了嗎？是啊，吳信雄瞪大了眼睛，簡直不敢相信他所聽見的。愣楞的三秒鐘，我心裡想：「完了完了，他從此不會再跟我說話，不會再理我了……」三秒之後，他拼命地搖頭，那麼用力地搖頭，既生氣又絕望地說：「你不要亂講，你不要這樣亂講！」他那脆弱而豐沛的中年男性之淚，又不可抑止的流了下來……

在性的進展上，他們很慢。雖然都已經是成年，也都有些經驗的人了。也許是因為成年也有經驗了，所以不急。還有一個因素，我猜，是Janet的婚姻，吳信雄會有點害怕。

有一個晚上，PBS播一場很舊的演奏紀錄片。很多很多年前，俄國三大傳奇演奏家和卡拉揚指揮柏林愛樂的合作演出，近乎不可能的夢幻組合。Karl Richter，David Oistrakh，Rostropovich加上卡拉揚演奏貝多芬和布拉姆斯的作品。吳信雄事先跟Janet提到這個紀錄片。那時他們才熟起來一陣子，互相寫過一些有點親近意味的信。看完紀錄片，傳奇的斯拉夫詮釋樂音，特殊的溫潤憂鬱的戲劇性呼應、拮抗到融合的聲音一直在他耳裡盤旋不去。吳信雄激動地開車出去，開到Janet家附近，在一個公用電話亭反覆徘徊猶豫，最後卻還是沒有打電話，只是選了鄰近的小坡，剛好可以看見Janet家的屋頂一角，就這樣坐了一晚，到天快破曉才回家。

第二天，吳信雄寫了e-mail給Janet。向她告白自己的渴望。渴望將那樣的音樂據爲己有，渴望對她傾訴那音樂惹起的心緒，那種當下湧現卻注定無法存留的感動。以及渴望自己能夠克服疑懼與怯懦，丟下銅板按下號碼。這樣無從得到滿足的渴望。

當晚，夜已經很深了，吳信雄接到Janet電話。Janet沒多說什麼，半撒嬌半命令地要吳信雄去她家附近一座二十四小時開放的超級市場門口。吳信雄記得自己站在那裡，無由地一直要發抖，不得不將背靠在貼了一張巨幅炸雞廣告的玻璃櫥窗上，Janet走過來，突然說：「讓我抱一下。」吳信雄張開雙手，緊緊地把Janet抱住……

那是他們第一次擁抱。後來在車裡，第一次親吻。Janet的反應，讓吳信雄不解。因爲一點都不像是已經嫁爲人婦的。極輕極細微的顫抖，輪番從她身體不同部位傳來，興奮與緊張，還有青澀生硬不知所措的舌頭。而且吻過了，Janet的快樂。像隻無法控制自己，不知道該拿自己怎麼辦的小鳥。講些近乎沒有意義的傻話。

Janet說：以前看電影，或者在現實生活裡看到人家熱情接吻，少女朋友們就捉狹地形容：「They are biting each other, fiercely。」激烈地啃來啃去。好奇這啃來啃去有什麼樂趣。沒想到現在自己也這樣跟一個男人啃來啃去。吳信雄不想問她難道沒跟別的男人，例如她丈夫，啃來啃去嗎？只是給她另一個更深更長的吻……

不過那次就僅止於此。我說他們很慢。又隔了很長一段時間，才開始愛撫。吳信雄一直壓抑著自己的慾望。照片裡的Janet絕對是個讓人非常想佔有的對象，可是吳信雄就是不敢冒然。

……聽的過程當然會嫉妒。在那個階段，嫉妒反而是很好的催情劑。吳信雄講一段，我聽一段，不一定是誰先開始先主動，我們總是忍不住開始探測對方的身體，然後就瘋狂做愛。那是我一輩子最有感覺的性愛。覺得自己化身成爲另一個女人，讓吳信雄錯覺以爲我就是那個他深愛的女人，在我身上發洩他壓抑與挫折的所有慾望，以及那慾望後面的愛。我得到的，不是吳信雄，也不是吳信雄對我的愛，而是某種更高貴的，吳信雄不可能給我，我也不可能從別人身上得到的，吳信雄對Janet的愛。這種偷來的愛，讓我如癡如醉……

我從來沒有擔心過Janet會回來，回到吳信雄身邊。我只擔心Janet不回來，吳信雄慢慢遺忘了對Janet的愛，那這愛就永遠消逝了。那裡面的痛苦與絕望，也永遠永遠消逝了。不知道爲什麼，我就是清楚相信，Janet再也不回來了。

我也不知道她爲什麼這樣突然離開吳信雄，說走就走，回到她前夫身邊，回到原來讓她那麼痛苦的家庭。吳信雄眞的不知道，一點線索都沒有。所以他瀕臨崩潰。他一直在想：「我做錯了什麼？」我沒有答案。這是件非常非常神祕，最神祕的事……

在我和吳信雄交往到結婚的過程中，Janet只出現過一次。她消失後的第二個聖誕夜，突然打了一通電話給吳信雄，跟他說：「Merry Christmas。」聲音很低很輕，但吳信雄當然知道是誰。吳信雄完全說不出話來。那頭Janet也有點不知該怎麼辦吧，只是重覆說：「對不起，我不是要再打擾你。只是想說一聲Merry Christmas而已，對不起，眞的只是要說Merry Christmas……」吳信雄又急又恨又怕，不能說什麼，又怕再不說她就要掛掉電話，強擠了半天，才擠出一句：「我很想知道，妳後悔過嗎？妳後悔過嗎？」

「很後悔，而且一直都在後悔。」Janet毫不遲疑回答了。吳信雄又說不出話來了。停了一會兒，Janet又說：「對不起，我只是想說一聲Merry Christmas而已。」吳信雄勉強再擠出一句：「那妳還會打來跟我說Happy New Year嗎？」

「應該會吧。」那頭回答。

後來，吳信雄沒有等到那通說Happy New Year的電話。他那個新年悲慘極了。一直等一直等。又笑又哭又鬧。完全像個第一次離家，被送到外地去的小男生。一下害怕一下強作勇敢。一下子溫柔祈求一下子暴躁詛咒。我記得一個最悲慘的表情，他在房裡快速地繞圈踱步，兩手瘋狂地在空中揮舞，嘶啞地呼號：「再狠心一點吧，對我再殘忍一點吧，讓我可以下定決心忘掉忘掉忘掉……」然後像呼吸，抬起頭，任隨滿臉的涙花亂飛亂墜，以顫抖的嗓音裝出最堅定的語氣，說：「忘掉——」尾音有如被曠野呑噬的遠方狼嗥……

他是那時決定回台灣的。決定回台灣「實踐政治理念」。我太清楚了。他的「政治理念」。

33 Composition

……一條條鮮紅豬肉、五花、里肌、豬腳、蹄膀、小排、豬尾，甚至還有大腸頭和肝連肉。證明來得夠早。聽說大腸頭必須預定才買得到。流行吃麻辣鍋的關係，最棒的就是鴨血和大腸頭了。一條條鮮肉，竟然緩緩地晃動起來，像是跳著某種優雅的舞。可見人氣還頗旺的。豬肉攤老闆很眞誠，那麼用力地擦拭自己的手。伸過來握許明德的手。「許總統，加油加油——」突然一個頭橫斜裡硬竄出來。國安局隨扈已經把胳臂打橫了推出去。只能用自己的身體去承受，肋骨上狠狠吃了一記。他媽的。總不能讓這記拐子敲在熱心跑過來的老闆娘頭上吧。這種熱心的人最得罪不起。喜歡嚷嚷，而且老是知道媒體鏡頭在哪裡……

配這些國安局隨扈眞是累贅。只有在高速公路上趕路有用。跟他們講過很多次，有嘴講到無涎。候選人就是候選人，不是總統。你們用保護總統的方式保護候選人，那他就一定沒希望當總統了。總統是給人民看的，候選人卻必須接近人民，和人民混在一起。最恨的是他們那種銅牆鐵壁策略，會給許明德藉口，他本來就很不愛拜市場走街仔路了……

笑容、笑容，拜託不要忘了笑容。我知道你有理由心情不好。太早起來，那個老闆娘太aggressive又太醜。牆上貼著和李登輝、宋楚瑜的合照，還有陳水扁，更恨的竟然還有章孝嚴。可是這代表人家真的有實力，一定是市場裡的大樁腳。拜市場就是要拜這種人，不然我們起床幹嘛？別臭張臉吧！至少吃人家的炸魚餅時……唉，這樣的照片怎麼看啊！

上車上車，里長趕來了。媽的，又忘了昨天晚上才教的那一招。宋楚瑜憑什麼有基層實力靠的就是這一招。幹！把人家邀上車嘛！在車上談嘛！被總統候選人邀上車，人家會覺得多有面子！幹！講再多次都學不會這種手段……

下一站，下一站回總部開今天的策略會議。重點在財務策略。選舉是個大拼圖，越來越覺得這是惟一正確的概念。選舉是個超級大拼圖，輸贏就在有沒有辦法用最短時間把每一塊放到對的位置上去。拼圖思考最有效，不要去想邏輯、不要去看民調，只要問哪裡少了一塊什麼？該怎麼補上？記得記得，拼圖理論。

現在少一大塊下一階段募款方向。一定很拿實際的東西來，找確切的企業遊說，已經到這個地步了，不能再抓瞎不能再依靠抽象口號，更不能靠那些學者們寫的政策白皮書。那是另一個角落的拼圖，拼好了就不要多想。現在列出可能的募款對象，他會要什麼？要電信民營後的電波頻率。給啊！許明德現在是候選人，候選人就是承諾機、印章機。承諾當選後給他電波。媽的，電波反正誰也看不到。他要航權談判，給啊！承諾當選後可以讓他們派代表進民航局。這傢伙可能要什麼?你們要去想啊……給他三台的董事怎麼樣?有線電視大亨就對無線台沒興趣嗎?別傻了，反正開放一個讓他可以插手無線利益的感覺嘛，感覺與希望，換一百萬、兩百萬，看看，試試看總沒壞處……

還缺女性代言人。不是一個，是一大批。不要那種黨外的男人婆啦!眞正的女人，這個社會上認定的女性偶像。……不是那種，那種女性主義者怎麼可能支持許明德，而且女性主義者有票嗎?票在哪裡?……我們應該要的是婀娜多姿、迷死人不償命的那種女人，女明星女歌手女學生女企業家女公關，而且不是一個兩個，是一票，每個群衆場要用得到，都要出現的……我怎麼知道要去哪裡找!拼圖遊戲就是這樣玩的，少了什麼圖補什麼圖!

……這個階段，不要再扯那個好不好!……事情有緩急輕重……當選最重要，難道不是嗎?……眞的在乎理想的人有多少?力量有多大?不然當年我們爲什麼會長期被流放在國外，都沒聽到有理想的人在島內革命起義!?……好好好，對不起，我沒那個意思。……當然還是要維持理想主義者的形象，先知和智者的形象啊，所以才需要去出那本書嘛!書的作用就在這裡啊!……書呢?都快投票了，書在哪裡?寫到哪裡了?……不是說那幾個人很厲害的嗎?……什麼跟什麼，聽不懂。什麼另一本書?這是誰弄的?黨部，黨部不是個答案，因爲黨部不是人!我要問的是誰?人!哪個人?……可以這樣搞嗎?你們報告過，眞的?爲什麼我從來不知道?……媽的，又是這種扯後腿的祕密行動……

……拜託啦！聽我一次，聽我講一句，眞正聽進去，不要老把我說的話當耳邊風，不要敷衍我好不好？就那麼一次，就當作是給我面子也可以，別讓我覺得自己那麼狀況外可不可以？我眞的是許明德的核心幕僚、輔選大將嗎！……聽我一次。你不能一直用這種態度看待選戰。我知道你不想得罪人，我也承認選舉中不要得罪人，願意幫忙的我們不要隨便拒絕。可是選舉要有統合的策略與步調，不是這樣嗎？選舉還得拿有限資源做最多的事，不是嗎？這個太誇張了，兩本書都掛你的名字，都標榜是你向選民的告白、都是你的治國理念，可是你連書裡寫什麼都不知道，總部也沒有人可以查看兩本書有沒有矛盾的地方！

……老大，你太天眞了，這個世界不是這樣的。這些人不是單純來敲詐你而已，他們一定用你的名義拿你的招牌跟出版社簽約，從出版社那裡也賺一手。上次廣告的案子不也是這樣？哪裡是你說不要出就可以不要出，也不是你說選哪一本就選哪一本，人家出版社要賺錢，不會乖乖把損失呑下去的。兩本書都會出來的！結果變成一個笑話，兩本書都失去公信力，連帶你許明德的公信力也沒了！

……聽我一次，聽我一句。我不知道你怎麼會變得這麼粗枝大葉這麼不小心？……我總是記得那時辦週報時，我們每天每天討論革命策略，在那家只賣單片單片披薩，只有三張桌子的小店裡，你還跟我說，列寧和托洛斯基的不同。托洛斯基是戰場英雄，碰到敵人他馬上、直覺就知道該怎麼辦，他可以立即把敵人扳倒，因爲他的空間概念太棒了，他調兵遣將就是空間概念的極致發揮。可是托洛斯基沒有時間感，「永遠」就是沒有時間，沒有現實時間。我們討論列寧的偉大，因爲他是個最偉大卻又最小心的時間規劃者。他不斷地對過去和未來，他不斷設計什麼時候該做什麼可以做什麼。這些你不會忘記吧？是你說的，台美族團體裡只有小托洛斯基，沒有一點點列寧的影子。我們要作列寧，一步一步帶來革命。我們不能粗枝大葉，週報就是個革命程序的思考中心……我們討論每一個程序，再細微的差異都牽涉到成敗……

……我比你更清楚你的下一個行程。……趕快去吧，這個行程我不跟的。我要留在總部開宣傳的會。我們還要繼續拼圖。……但你眞的應該想一想，但……

但……但那樣的日子不會回來了。外面的風很冷。從總部開出去的車隊很吵。兩輛交通大隊重型摩托車、四輪黑色轎車，其中一輛坐著面無表情的許明德。即使提起辦週報的日子也還是沒有表情的許明德。在那家小店，義大利裔的老闆用拙劣的英語趕我們，因爲才點兩片披薩兩杯可樂，卻佔著位子不走。我們裝作聽不懂，繼續賴著。列寧是時間的藝術家，是音樂家。玩弄節奏、玩弄主題、玩弄主題的變奏。解釋迴旋的曲式給許明德聽，解釋馬勒第二號交響樂的結構。列寧和沙皇政府周旋的經驗，就是迴旋曲。可是他排山倒海展開的革命佈局，卻是複雜到幾乎超過人類心靈所能掌握的馬勒第二號。許明德對音樂完全一竅不通，可是竟然就聽懂了……

仁愛路上的樟樹緩緩在搖，彷彿聽到風、權在樹枝間的水，組合成音樂。熟悉的音樂。從雷電般高度灑下來的連串不間斷的薩克斯風。是John Coltrane。歌頌著至高的愛。爵士樂史上最暢銷的唱片之一，一九六四年的A Love Supereme。大家都喜歡這張唱片裡Coltrnme的純淨。至高的愛，對一個不變的上帝不變的愛。激昂卻靜謐的情緒，在冰原上冰層底堅持燃燒的一股溫泉。北海道觀光旅遊節目裡介紹的奇特景觀。在雪地裡蒸騰著白霧熱煙，永遠不變的冷熱交集，彷彿永遠不變。至高的愛。

可是第二年，John Coltrane就變了。他的生活大亂、他的信仰動搖，更可怕的，他的薩克斯風變調了。變得如此矛盾，用尖銳的聲音表達沮喪；又用最低沈的伏音發洩憤怒，可是他那天使般的至高的愛，不變的聲音卻還繼續在熱賣。很奇怪的並存並列，不對的拼圖硬擠在不對的位置……

現在的許明德，成了選舉拼圖裡的一塊。除此之外，別無其他，別無其他任何至高的愛，大家都只是拼圖裡或正確或錯誤的一塊，別無其他任何至高的愛。

34 Decomposition

謝謝您打電話到許明德競選總部，For English Please Press one，要聽台語請按2、客家話請按3、其他語言請按4——捐款帳戶資料查詢請按1、選民服務請按2、找總部部門請按3——秘書處請按1、文宣部請按2、組織部請按3、政策部請按4、政見發表會小組請按5、動員小組請按6——洽談廣告事宜請按1、洽談印刷相關事宜請按2、洽談電台電視節目事宜請按3、洽談政見發表會轉播事宜請改撥政見發表會小組分機、新聞記者室請按5、安排候選人及其他重要幕僚訪談事宜請改撥秘書處分機、應收應付帳款請改撥秘書處分機、或改撥其他部門分機——管理組請按1、人事組請按2、財務組請按3、檔案組請按4、行程組請按5，或改撥其他部門分機——義工報名請按1、正式人員申請說明請按2、請假辦法說明請按3、各部門人員查詢請改撥該部門分機——候選人今日公開行程說明請按1、候選人今日公開行程傳眞回覆請按八七六八、候選人未來一週預定行程說明請按2、候選人未來一週行程傳眞回覆請八七七八、黨主席今日公開行程說明請按1、黨主席今日公開行程傳眞回覆請按八七五八、各部門主管行程請改撥該部門分機——秘書處請按1、文宣部請按2、組織部請按3、政策部請按4、政見發表會小組請按5、動員小組請按6——動員小組目前尚未成立，請改撥其他分機——政策白皮書執行小組請按1、政策白皮書規劃小組請按2、政策白皮書目錄傳眞回覆請按八七一二、政策內容查詢請按3、政策內容建議請按4——國安政策請按1、財經政策請按2、教育政策請按3、外交政策請按4、交通政策請按5、婦女政策請按6、文化政策請按7、地方政策請按8、其他請按9——政策白皮書規劃小組目前改歸在民進黨中央政策會，請撥……——政策白皮書執行小組目前改歸民進黨立院黨團，請撥……——謝謝您打電話到許明德競選總部，For English Please Press one……——Sorry, the operator is unavailable now, Please wait......Please wait......Please Wait......

35 Roads Never Taken

吳信雄在家裡找到一本舊地圖。大學時代買的世界地圖集。從沒有清除乾淨的版權頁看得出來，是盜印一九六六年版的McNally《World Atlas》。

吳信雄在美國時買過一本一九八八年版的，好大一本。曾經攤開在咖啡几上，和Janet兩個人席地而坐，設計世界之旅的行程順序。

那是最美好的時刻。吳信雄一邊在老林的書店裡打工，在芝大又有同鄉特別找來的錢給他一個研究案，另外輾轉從台灣陸續接了翻譯的工作。那幾年台灣對左派書籍突然出現熱烈需求，吳信雄這裡成了諮詢站兼供應站。吳信雄從馬克思、阿圖舍、法農、馬庫色等人被問到的頻率，開始對台灣有了十多年來最樂觀的期待。他會透過老林的書店去找看看有沒有大陸的譯本，如果有，一邊比對英文本一邊改譯，平均每天可以生產五十頁左右的譯文，一個禮拜就可以幹掉一本左派名著。如果沒有，就辛苦一點從頭譯，也沒關係。

而且Janet還在地方電台工作，擔任國際新聞製作人。兩個人收入加起來，夠可以作旅行的夢。房間抽屜裡有一個Janet帶來的小盒子，一個老舊不合用的化粧盒，後鈕已經生鏽無法順利開關。小盒子裡裝著他們旅行基金——每做愛一次，兩個人要各捐五塊美金進盒子裡。

他還記得趴在那裡看地圖時的幸福感覺。暈黃燈色打在Janet左臉上，再一路朝頸項及半開的T恤領。流洩下去。燈照得Janet身上寬鬆的的T恤彷彿變得半透明。他看得見她形狀完美渾圓的胸乳，只有乳頭被遮住了。然而又好像沒有遮住，從半透明的T恤纖維間顯露了出來。

旅行基金累積得很快。因爲他們那麼喜歡做愛，喜歡做愛帶來的不可思議的興奮。違反一般生理課本上教導的常識。吳信雄常常在高潮之後，留在Janet的身體裡。在陽具徹底萎靡滑出來之前，就又有了另一次勃起。幾乎是每次從背後用雙手握著Janet雙乳，緊緊讓兩個人全身肌膚吋吋相貼，就必然使他勃起。

再度勃起，帶來的不是慾望，不是性，而是感動。感動自己眞的愛這個女人愛到這種程度。不斷勃起不斷在她身體裡尋找溫暖與歸屬，只是證明這份感動的一種形式。每當那個神奇片段來臨時，吳信雄都深深相信，這一輩子，除了Janet這個女人，不可能再跟別人做愛了。

不管天氣冷熱，做愛時Janet會大量出汗。尤其是背部大量出汗，所以吳信雄特別喜歡讓她在上面，用手掌貼過她多汗的背，覺得在那汗水間得到一種安穩與保證，也許是慾望的保證吧，保證Janet對他的慾望，Janet對他的需要。

他們看著McNally的大本地圖，說好一年要旅行兩次，而且寫在筆記本上，一年一年排下去。先去紐奧良，再去羅馬，去拉斯維加斯，去倫敦，去溫哥華，去西班牙，去墨西哥，去聖塔非，去奧斯陸和哥本哈根，去布宜諾斯艾利斯，順便還要去福克蘭群島，去京都，去聖安東尼奧和奧斯汀，去巴黎，去里昂和尼斯，還要去「北非諜影」裡的摩洛哥，阿爾及利亞，三毛筆下的西屬撒哈拉。……

這樣一路排下去，似乎可以無窮無盡地排下去。算一算，排到去北京時，那年吳信雄會剛好六十歲。「六十歲，應該可以等得到台灣獨立了吧。」Janet半開玩笑地說。「而且六十歲了，只能去比較便宜一點的地方玩。」吳信雄說。「爲什麼？」「六十歲，可能沒辦法再累積那麼多旅行基金了。」Janet會過意來，臉上飛過一層緋紅，可是卻堅定而大膽地說：「不可以。我們要這樣一直做到七十歲。七十歲。以後才考慮讓你休息。」

這算山盟海誓嗎？

如今吳信雄手裡只有二十年前的盜版地圖。被縮印成一半大小，而且色彩印得湮暈模糊。上面標示的字就更不用說了。可是年輕時代的吳信雄，顯然還是努力辨識出了那些不清不楚的地方，並且替自己與世界間的關係，作了一番安排。

吳信雄完全不記得什麼時候什麼狀況下，在這本地圖集上畫滿了標示，還在書頁邊緣非常狹窄的空白處，寫著片片段段的字。那是吳信雄自己的字，毫無疑問。可是眞的完全想不起來，到底標示什麼、評註什麼事。

「勇敢的冒險。」「戀愛，沒有回頭空間。」「粉身碎骨。」「一次逃亡，警察的追蹤。」「只差十二哩，就是二〇・八公里。」「二〇・八——七七」「飛行高度不明。」「天眞的風景就此展開。」「找到可以讓我照顧的人。」「等高線表示出的韻律。」

一頁又一頁，這樣簡短的句子，沒來由地跳出來，然後有藍色或紅色的線條連繫到地圖的某個地名、某塊區域上。藍色、紅色的線條在地圖上畫著各式各樣暗語密碼般的記號。單圓、雙圓、星號、不規則型，還有一排排像驚歎號般的一豎一點結合。

再翻下去。「聽到韋伯的第一序曲。」「跌落。」「上昇。」「就此告別與忘掉。」「一面鏡子。」「鏡子夢見另一面鏡子。」「寂靜守衛著寂靜。」「我。」「不是。」「吳信雄。」

彷彿讀到另外一個生命的神祕記錄。那麼豐富而完整的記錄。走過了全世界，在不同地方發生了不同的事，另外一個吳信雄的一生，或是另外一個「不是吳信雄」的一生。

突然在他心底，迸出強烈得引發肌肉不自主顫抖的，羨慕與嫉妒。

36 Happy Hour

——敬我們的happy hour……

——什麼？

——五點鐘，現在五點鐘。五點鐘就是happy hour，這個時間酒吧點酒半價優待。美國酒吧的規矩。

——這裡是清晨五點，不是happy hour的下午五點。

——管他的，反正美國是下午五點。

——有什麼好happy的？

——就是因爲沒有，所以才要叫happy hour。

——人生眞無聊，無聊到必須自己把一個時間硬稱爲happy。

——人生眞無聊，因爲人生中有政治。

——政治眞無聊，因爲政治裡逃不掉選舉。

——選舉眞無聊，因爲選舉要講假話。

——你錯了。還好有假話，不然選舉就更無聊了。

——你眞的變成一個虛無主義者了。

——不是虛無，虛無不是這樣。我只是開始懂得找樂子。發現了人生最happy的事，就是看穿所有道理後面，完全相反的道理。

——再怎麼顚倒，你也不能叫我安心樂意地去講假話。

——不然能講眞話嗎？許仔根本不是塊料，許仔根本不是對的人選，許仔根本選不上，許仔根本就是陪選滿足自己的虛妄大夢……

——不能這樣講，不能這樣講。

——當然不能這樣講，眞話最討人厭的地方，不在傷人。你明白嗎？而在沒有變化，沒有創意。假話才是發明，眞話是發現。彼得·杜拉克說的，二十世紀顚倒了發現與發明的地位，發現越來越不重要，越來越被輕視，因爲沒什麼好發現的了。這是發明至上的時代，彼得·杜拉克說的。

——太虛無了。我不喜歡用這麼虛無的方式發洩失望與挫折，而且你誤用杜拉克了，你明明知道他的意思不是這樣……

——不是虛無。而是最深刻最堅定的現實。我才是個不折不扣的現實主義者，我接受現實，在現實裡積極找出可以不無聊的東西。你懂嗎？

——現實的話，你去投靠國民黨不就好了？照這種態度你也可以在國民黨的現實裡找到不無聊的東西，何必來幫許仔！

——許仔和輝仔都是現實，你懂不懂？輝仔是現實裡的無聊，許仔則是我在無聊裡找到的比較不無聊，你懂不懂？

——不是我不懂，是你在胡說八道。

——這樣說吧，我和你，我們之間最大差別，在你還相信現實之外有別的選項。你老是在找那個另外的選項，國民黨不好，所以應該要選民進黨。輝仔不好，所以選許仔。這是你的想法。現實不好，就找一個不一樣的。這也是你的選戰策略的哲學，所以拚命去凸顯許明德跟李登輝有多麼不一樣。我誠實告訴你，第一次誠實告訴你，我從頭到尾就不同意，我根本就不相信這是對的策略。

——我很驚訝，你是說真的還是開玩笑的？

——真的真的，不過你也可以把它當作開玩笑。我誠實告訴你我的想法，要贏選舉，只有一點點一絲絲，百分之一千分之一，在賭場裡一賠一千的機率，可是你們，這些所謂的核心幕僚，沒有人真正研究過機會在哪裡……

——你自己也是核心幕僚……

——你知道我不是。人家只是把我看作是你的老朋友，你入黨許明德的老朋友，這樣的溫情、應酬關係而已。所以我也不會強力去提去推銷我的想法。我的想法是：我們正就是不能凸顯許明德的不同。那樣的策略，對林洋港他們有意義，對我們沒有。人家他們是要利用、煽動對阿輝仔的仇恨，所以這樣做，我們呢？

——我們當然不一樣。

——我們就應該擺出一副吊兒郎當無所謂的態度。李登輝和許明德，沒有差別啊！他們倆個最大不同在哪裡？咦，好像眞的沒什麼不一樣咧！許明德有的李登輝都有，李登輝有的許明德也有吶。選李登輝和選許明德，眞的都可以，眞的都好。如果製造出這裡氣氛，我們才開始有了機會。他們兩個都是現實，現實不會因爲哪個當選哪個落選就改變，只是許明德可說，we11，有趣一點，比較不無聊一點。最好讓人家根本沒有任何強烈動機去選舉，這樣稀哩呼嚕的，說不定就當選了。

——這是似是而非的道理。先不說這樣是不是眞的有機會，就算用這種策略當選了，那有意義嗎？

——你就是這樣。什麼都要區分，什麼都要意義，你這樣害死自己，也害死別人。就是這樣的想法，要找不一樣的選擇，你才會在最莫名其妙的情況下去結了個其實最莫名其妙的婚。你愛的人跑了，你就必須找另一個選擇，才活得下去。婚姻出問題了，也才又會跟總部裡最莫名其妙的人勾勾搭搭的……

——我不知道你那麼看不起我。

——不是看不起，是不一樣。我跟你那麼不一樣。

——我一直當你是最親密的戰友……

——我是，我是啊。

——可是你那麼不同意我，那麼不同意我的話，那你乾脆去支持老魏那邊好了！

——你的毛病又犯了，不同意你就應該選老魏，是不是？我就不是這樣看的。你和老魏，也都是現實，政治、選舉、鬥爭裡的現實，不過你比老魏有趣了，不無聊多了，你懂嗎？不無聊是你最大的長處，是你和老魏的鬥爭決勝關鍵。

——我應該謝謝你的讚美嗎？

——這不是讚美，是建議，是老朋友的建議。

37 Mirror, Mirror on the Wall

「男人照鏡子，像什麼樣子？」不知多少年前，在什麼樣場合中，父親講過的一句話，突然浮出來在吳信雄的耳邊響著。

那是剛回台灣的時候，被捕進了警總。經過一夜疲勞偵訊，吳信雄去上廁所，順便洗臉。廁所裡接近天花板的高度，開了一排小窗，明顯照著外面晃亮亮的早晨陽光。天花板上還裝了幾盞六十燭光瘦長的日光燈，然而不管是陽光或日光燈，都照不亮那小小的一間廁所。所有的光，浮在天花板那一帶，彷彿因爲太輕了而下不來。

吳信雄在鏡子裡看到自己，奇異地腫脹的一張臉。比想像中的自己更胖些，卻也似乎年輕些。吳信雄忍不住對那張溼淋淋的臉多看了幾眼，在多日無眠的狀況下，愈看愈覺自己不認識鏡中的那個人。

如果鏡中人不像眞正的吳信雄，那吳信雄應該長什麼樣子？竟然這個問題跑了出來。瞪著鏡子，他試圖找到些線索：是不是臉色該更黑更黃些，是不是眼睛應該更有神些，是不是嘴角會多一點自信而又不屑的笑意……

愈看他卻愈沒有把握。吳信雄到底長什麼樣子？別人眼中，到底看見怎樣的吳信雄？下一個念頭跟上來，他想阻止已經來不及了——Janet眼中到底看見了怎樣的吳信雄？Janet到底愛上了什麼樣子的吳信雄？

許多錯亂的訊息瞬間擠滿他本來就已經錯亂的腦子。他一再地努力搜尋，只得到一個悲哀的印象——和Janet相愛、相處的那段日子裡，似乎從來不曾刻意照過鏡子，不曾刻意瞭解自己的長相。

十八世紀的法國，當玻璃鏡子還是件稀奇且昂貴的上流社會奢侈品時，有一位中年教授，傾畢生積蓄拚命買了一面玻璃鏡子。因爲他愛上了一位年輕而美麗的學生，他必須要知道，無論如何得知道，自己在那位學生眼中看來，究竟是什麼模樣。這是吳信雄知道的故事，關於鏡子與愛情的故事。

可是熟知這個故事的吳信雄，卻從來不曾爲了Janet而多看自己幾眼，不曾爲了擔心Janet眼中的自己太老太醜而多照幾次鏡子。

難怪Janet會離開，原來我眞的愛得不夠多。吳信雄傷心地領悟。

就是在這傷心的痛楚時刻，他彷彿聽到父親的叱責。直覺反應地，他再次用力以雙掌拭抹臉上的水珠，然後離開鏡子前面，和守在旁邊的二兵，一起走回偵訊室去。

38 Charm Your Enemy

吳信雄，《選戰日誌》一九九六年一月七日。

「上午，排定《中國時報》對許明德的專訪。講好是三版的整版篇幅。這是選戰末期最重要的宣傳關鍵，必定要有準確策略與精密規劃。

「八點鐘就先開會，檢討小陳他們準備的訪問綱要。《時報》那邊傳來的問題顯然別有用心，擺明了要老許攻擊林洋港，承認他跟李登輝關係密切。我們不能掉進這樣的陷阱裡。討論到八點半，決定將重點轉到許明德回台灣的那段祕辛。多講海外黑名單所受的折磨，講安排回台的錯綜複雜，講情治單位的荒謬行徑，這樣的東西，新聞性夠，而且也還是符合：『強調和李登輝之區隔，儘量不理林洋港』的大戰略原則。」

《日誌》裡沒有記的，是會議開完，吳信雄還留在辦公室裡，提供許明德建議。吳信雄很激動地講，許明德一邊點頭，一邊吃著早餐，還喝了兩盅日式綠茶。

「你要多說一些故事，尤其是第一個故事很重要，要精彩吸引住他們的注意力，這樣才能把採訪的主控權搶過來。讓他們沒辦法回到原來準備好的問題上。不管他們第一個問題問的是什麼？例如說就算是：『對族群不安有什麼看法？有什麼解決對策？』好了，你也一定就說：『啊！從我過去特別的經驗，我對這個問題有特別的感觸。』然後就提到別的經驗……像是在美國流亡時，感受到的那種台灣人台灣話不被信任的痛苦……

「你可以講那些領中山獎學金的職業學生啊，不必指名是誰，讓記者自己去查，給他們有事做，他們會更感興趣。某某現在已經位居高官的人，還是已經在大學當系主任所長的人，當年在美國留學每一個禮拜都要寫報告。他們的報告裡會直接寫：『某某某習慣和剛來的新生用台語交談。』舉這個例子就好，用台語交談為什麼就會被打報告？這背後隱藏的是什麼樣心態？

「你也可以講我們當年怎樣和抓耙仔、告密者周旋的故事。你記得週報裡那個老吳嗎？他每次稱讚你，就提醒我他是個臥底的。每一句話都肉麻得要死，而且三句話裡就有一句是要害你，是他要拿去寫報告用的。說你以後一定會當上台灣國總統。說國民黨不讓你回去，你可以靠美國力量推翻國民黨，都是這種無聊又無知的話。他們的人就是這樣的貨色而已。你記不記得我們假造那份神祕兮兮的名單？老吳果然就上鉤了，把它偷去影印，結果那是我從留學生那邊弄來的台大『覺民學會』的名單，哈哈哈……眞想看到國民黨那些情治單位的人大張旗鼓查出結果來的表情……

「當然也要講到翻牆回來的過程，這會很精彩。台灣跟世界每個地方都有方便的交通管道，只有對中國大陸封閉。然而要想回到台灣，偷偷回到台灣，最容易的路卻是走理論上完全不存在的路徑。而且這不存在的路，比任何一條路都寬廣。這不只是很諷刺而已，而且還可以順帶點出我們提的『海洋台灣』觀念。海洋是封鎖不住的，我們必須承認自己的海洋事實，用這個地理現實基礎，重新打造一切。……

「你考慮考慮要不要講警總。我有一些故事可以給你，你說是你自己經歷的也可以，說是朋友確切的經驗也可以。反正就是要讓它很有內容，很多故事。像是那個你所遇見的，最後向你鞠躬的少尉；還是像我遇到的，那個在審訊過程中，比我還緊張、比我還害怕的充員兵，都是很好很有力的故事。

「……我沒有跟你講過這故事嗎？他們訊問我的時候，隨時都會有一個充員兵立正站在門邊，他們的任務，應該是戒護兼看門吧，不過實際上發揮的作用，其實只有陪我去上廁所。他們還沒殘酷到不給上廁所，可是上廁所不能自己去，馬桶間也沒有門，一定要有人看著。

「幾個充員兵輪流換班，不過我很快就發現其中一個，每次站在那裡，臉都青筍筍的，而且站得非常非常靠近牆壁，一看就像是因爲怕自己顫抖抖得太厲害，不得不隨時準備著需要硬牆的支撐的樣子。十幾天的時間，我一再看到他那張害怕的臉……

「我確定要被移到看守所去時，那個小孩才鼓起勇氣利用走去廁所的那段路跟我講話。他說本來被分到這個任務他好怕好怕，覺得不可思議，要面對一個活生生的政治犯，簡直像是要進到古墓棺材裡，親眼目睹吸血鬼卓孔勒伯爵般不可思議。後來又怕他們會用刑打我，灌辣椒水、坐老虎凳什麼的，更怕他們不只要他在旁邊看，還會要他幫忙動手。尤其我幾乎都不照著他們要求的回答，人家問東，我每次都答西，一聽我回答，他胃就抽痛，覺得小小房間裡充滿了流洩不出去的暴力緊張。『要打了要打了』、『完蛋了完蛋了』，成了他每次輪值時要在心裡叨唸上幾千遍的咒語。

「可是我竟然熬過來了。你知道什麼嗎?因爲他們問東，我說西時，我說那麼誠懇、說得那麼複雜，一定讓他們無法確定我所說的西，跟他們要問的東西，沒有關係。他們必須聽下去，我堅持他們聽下去就會明瞭問題的答案，而且不是簡單的答案，是詳細的來龍去脈，他們當然會打斷我，裝出極度不耐煩的態度，用粗暴狂吼的語氣要我直接回答問題，我不爲所動，我就是要講一個長長長長，一直牽延一直牽連下去的故事，然而在故事裡夾雜很多很多理論，很多很多我眞實的價值信念。

「我像一千零一夜裡的宮女，故事講不完，就還有機會完完整走出警總，看到家鄉的陽光，淋到美麗島的雨水。我一直講一直講，不能得罪他們，常常還要穿插一些讓他們入迷讓他們笑的內容，但就是不講出他們要聽的答案，也不講他們完全不能接受的答案。

「我就這樣撐過來了。那位充員兵年輕人偷偷告訴我，我那樣不屈服的滔滔不絕，讓他後來又多了一層恐懼。他還是怕他們哪一刻突然耐心用盡，延宕的暴力還是爆發了；他也怕我哪一刻突然毅力耗光了，會崩潰瓦解向那些人投降。

『如果是那樣，我一定會非常非常傷心與失望。』那個充員兵告訴我。我拍拍他，說：『我不會讓你傷心的。』在那一瞬間，再大的壓抑都阻止不了我們在警總走廊盡頭燈光慘白的廁所裡，流下了無聲的眼淚，被燈光照得慘白的淚水……

「這個故事眞的不錯吧！你考慮考慮。」

39 Civilization and Garbage

吳信雄作了一個夢。

夢見聽到政見發表會場裡響起了主題音樂，旅美的獨派音樂家，崇拜嚮往西貝流士的「芬蘭頌」，依照類似曲式曲風創作的「熱愛福爾摩莎」。

夢見自己在台上，坐在許明德旁邊，許明德皺起眉頭，問：「這是什麼音樂？這種垃圾音樂可以聽嗎？」

「可是這是你自己挑的，你上次說這裡面聽得到台灣文明的力量……」

「是嗎？爲什麼現在聽起來像垃圾，像垃圾車的音樂，不能找點更好的嗎？」

突然夢的場景跳到吳信雄少年時代住的地方，吳信雄滿頭大汗在衣櫥裡翻啊翻、找啊找，冷不防一回頭，發現父親站在房門口。吳信雄和父親對峙了半分鐘，終於憤怒地說出：「你沒有權力把我的樂譜丟掉，那是我的，那上面有我的簽名，我至少要知道那些音樂到底聽起來怎樣……」

父親鎮定地搖搖頭，說：「那些都是垃圾，眞的都是垃圾。如果沒有丟掉，你自己也會承認是垃圾。丟掉了，才當作寶，你這個人就是這樣，丟掉了才當作寶。」

再下一秒鐘，站在房門口的人變成了許明德，然而那話語卻天衣無縫地延續下去：「我離開的那一天起，你就會認眞相信我是你生命中最大的損失……」

再下一秒鐘，吳信雄驚醒過來。

離投票日，只剩最後三天。

40 Stupidity

一九九六年三月二十日，競選最後一天。

《聯合報》第四版的「選戰花絮」：

「投票日在即，民進黨總統候選人許明德的總部辦公室驚傳鬧鬼的消息。

「許明德的總部，除了樓下對外開放的空間之外，眞正的辦公室其實是同棟大樓的十二、十三樓。這幾天，總部幾乎都是徹夜燈火通明，一天二十四小時都有人在加班工作。

「據說，十八日凌晨，十三樓還剩下三、四位文宣部的同仁在趕製最後一波廣告，突然有人看見玻璃窗外浮現出清晰的人影。衆所皆知，該棟大樓外牆是玻璃帷幕，窗外根本不可能有讓人站立的空間。

「在場的人都看到了那個約莫四十歲左右的中年男子，然而都沒有看清楚他的相貌。更恐怖的是，在場的人都清楚聽到一個從玻璃外面傳進來的聲音，反覆說著：『我來了，我要進來了。』以及：『你們這樣我不甘心，我不甘心。』

「鬧鬼消息傳出後，有人猜測那可能是當年枉死的陳文成的鬼魂，他要對幾乎已無勝算的許明德表達不滿與憂慮，這個說法立刻得到許多人的熱烈認同。

「爲了鬧鬼事件，總部發言人吳信雄特別召開臨時記者會，斥之爲『愚蠢、無聊、幼稚的攻詰手法』。吳信雄還特別呼籲支持台灣民主運動的選民，不要受到愚弄與欺騙。」

41 The Impeccable Otherness of Others

吳信雄離開總部的時間，是三月二十一日選舉日晚上八點零三分。許明德剛剛走上台要發表承認敗選的演說，講了第一句話，「各位我敬愛的父老兄弟姊妹……」

吳信雄走出來，在仁愛路的人行道走下意識地抬起頭來，突然發現那個前一天被他斥爲「愚蠢」的影子，正高高懸在總部大招牌的上方。那個四十歲左右的中年男子對吳信雄招招手，說了一連串的話。吳信雄努力地聽，卻完全沒有聽懂，吳信雄指指自己的耳朵，攤攤手作出無奈的樣子。

那飄浮在空中的影子於是倏地俯衝下來，幾乎要撞到吳信雄身上，才急急停住貼在他耳邊說：

「沒關係。反正從頭到尾，你都沒聽懂過，你也都沒瞭解過。」

吳信雄剛半張開嘴想要反駁，那影子又倏地飄離，只留下半空中最後餘音：

「而且你從來就沒有打算要瞭解。」

國家圖書館出版品預行編目資料

吹薩克斯風的革命者／楊照作. －－初版，－－
臺北縣中和市 ： 印刻， 2002〔民91〕
面 ； 公分

ISBN 986-80301-0-2(平裝)

857.7 91006474

作　　者　楊照
發行人　張書銘
責任編輯　陳嬿文
校　　對　陳嬿文、楊照
出　　版　INK印刻出版有限公司
台北縣中和市中正路800號13樓之3
電話：02-22281626
傳真：02-22281598
e-mail：ink.book@msa.hinet.net
法律顧問　現代法律事務所郭惠吉律師
總經銷　成陽出版股份有限公司
訂購電話：02-26688242
訂購傳真：02-26688743
郵政劃撥　19000691　成陽出版股份有限公司
印　　刷　海王印刷事業股份有限公司
出版日期　2002年5月初版一刷
2002年5月初版五刷
定　　價　260元

ISBN　986-80301-0-2

Printed in Taiwan

吹薩克斯風的革命者

讀者服務卡

姓名：＿＿＿＿＿＿＿＿

性別：□男　□女

生日：＿＿＿＿年＿＿＿＿月＿＿＿＿日

學歷：□國中　□高中　□大專　□研究所（含以上）

職業：□軍　□公　□教育　□商　□農

□服務業　□自由業　□學生　□家管

□製造業　□銷售員　□資訊業　□大眾傳播

□醫藥業　□交通業　□貿易業　□其他＿＿＿＿＿＿＿＿

郵遞區號：＿＿＿＿＿＿

地址：＿＿＿＿＿＿＿＿＿＿＿＿＿＿＿＿＿＿

電話：（日）＿＿＿＿＿＿＿＿＿＿（夜）＿＿＿＿＿＿＿＿＿＿

傳真：＿＿＿＿＿＿＿＿＿＿

e-mail：＿＿＿＿＿＿＿＿＿＿＿＿＿＿＿＿＿＿

購買的日期：＿＿＿＿年＿＿＿＿月＿＿＿＿日

購書地點：□書店　□書展　□書報攤　□郵購　□直銷　□贈閱　□其他

您從那裡得知本書：□書店　□報紙廣告　□報紙專欄　□雜誌廣告

□親友介紹　□DM廣告傳單　□廣播　□其他

您對於本書建議：

感謝您的惠顧，為了提供更好的服務，請填妥各欄資料，將讀者服務卡剪下直接寄回或傳真本社，我們將隨時提供最新的出版、活動等相關訊息。

讀者服務專線：**（02）2228-1626**

讀者傳真專線：**（02）2228-1598**

請填妥後對折裝訂，直接投郵即可，免貼郵票。

廣　告　回　函
台灣北區郵政
管理局登記證
北臺字第10441號

236
台北縣土城市永豐路195巷9號

印刻出版有限公司　收

讀者服務部